こんな夜は

小川　糸

幻冬舎文庫

こんな夜は

目次

本文イラスト　芳野
本文デザイン　児玉明子

三が日は

1月4日

今年の黒豆は、すこぶる出来がよかった。ほんのりと豆らしい歯応《はごた》えを残しつつ、皺《しわ》ひとつなく仕上がった。京都の錦《にしき》市場から連れてきた丹波《たんば》の極上黒豆だったけど、けちって、200グラムしか買わなかったのがよかったのかもしれない。二人暮らしには、ちょうどいい量だった。

黒豆で料理脳が刺激されてしまい、お正月から、作る、作る、作る。お節《せち》って、お正月を休むためにあることなんてすっかり無視して、寝ても覚めても料理のことばかり。

元日は、築地《つきじ》で買ってきたコハダがたくさんあったので、ふと思いついて、コハダの押し寿司に。

ペンギンは、お正月から好物の寿司飯が食べられると、大はしゃぎだ。だいたい、男の人というのは、美味《おい》しい物さえ食べさせてあげれば、ご機嫌なのだろう。

2日は、今度はペンギンが特製おでんを作ってくれた。

これがまた、絶品中の絶品だった。ダシは、昆布＋かつおの和風ダシに加え、煮干し＋あご。品がありながらも、コクがあって、おでん種が終了すると同時に、ダシも一滴も残っていない。至福とは、まさにこのこと。

3日は、おやこ丼。

お節って、たくさんあると、だんだん飽きてきて、有り難みが薄れていく。その点、今年は少なめに準備したせいで、ほどよくなくなった。4日の今日でほぼ終了というのは、かなりステキなペースだと思う。

そして今日は、石垣島の本家ペンギン一家と新年会だ。

二日がかりで仕込んだ五目なますが、かなりいい感じ。

〆は、きりたんぽ鍋の予定。昨日はじめて、きりたんぽを作ってみたけど、多分、これで間違いないと思う。

今年は、いつになくおいしく年が明けた。ここ数年、なかなかお客様をお呼びできなかったんだけど、今年はまた、料理屋さんごっこをたくさんしたい。もっと作れる料理を増やしたいし、本格的な料理の勉強もしたい。

しごとはじめ

1月6日

ラジオの収録のため、J-WAVEへ。数えるほどしか行ったことがないけれど、六本木ヒルズに行くたびに、なんだか迷宮に迷い込んだ気持ちになってしまう。自分がどこにいるのかわからなくなるし、どうやったら目的地に辿《たど》り着けるのか、途方に暮れてしまうのだ。しかも、待ち合わせ場所のスターバックスが、ヒルズ内に3つもあることが判明。焦《あせ》る私、ぐるぐる、ぐるぐる。こんな時に限って、公衆電話が全くない。電話で話している人は、いっぱいいるのに。これでは、せっかく電話帳とテレホンカードを持ち歩いていても意味がないじゃないの……。

すみません、ちょっとあなたのケータイを貸していただけますか？　通話料は払いますので。いきなりこう言ったら、貸していただけるものなのだろうか？　いつか、本当にそれをやらなくちゃいけない日が来そうな気がする。

ともあれ、無事に間に合い、お仕事も終了。六本木ヒルズという迷宮から外の世界に脱出できて、心底ホッとした。何度行っても、不思議な場所だ。

夕方、近所をてくてく歩いていたら、どこからか優しい香りが流れてきた。見たら、幼稚園の庭にある梅の木が、ほぼ満開だった。夜に香る梅って、なんて色っぽいのだろう。花弁に鼻を近づけて、クンクンかぎたくなってしまう。冬至を過ぎて、また少しずつ、日が長くなってきたような。

だけど、今日の外のお風呂は、苦行のように寒かった。びゅーびゅーと北風が吹いて、寒い！　でもなんだか気持ちいい。

そして、家に帰ったら、『つるかめ助産院』の重版のお知らせが！　うれしい、うれしい、うれしい、うれしい。何よりのお年玉だ。

お手に取って読んでくださった皆様、本当にありがとうございます。まだの方、ぜひぜひ読んでください。

今年のしごとも始まったことだし、スピードを上げて、びゅんびゅんがんばろう。

宮沢りえさんと

1月8日

新春特大号の『LEE』で、宮沢りえさんと対談しました。表紙も、りえさんです。りえさん、本当に、すてきな方だった。テレビとかで受ける印象の、あのまんまの感じ。大ファンのりえさんと対談だなんて、もう夢のような時間だった。

九十九里に行って、初対面でいきなり写真撮影、しかも、ものすごーいものすごーい暴風の中だった。砂が舞い上がり、目を開けてるのすらつらくて、口の中もカラカラに乾くし、もう、何が何だかわからなかった。

でも、そんな状況だったから、緊張してる暇もなく、気がついたら、あっという間に終わっちゃってた。りえさんマジックで、私一人だったら、絶対にありえないような写真になっている。

同世代だし、共通の話題もたくさんあって、対談といってもただおしゃべりして終わった感じだったから、すごく楽しかった。

帰りの車から見えたちっちゃな富士山が、とてもきれいで。私の中では、なぜか、宮沢りえさんと茜《あかね》色の富士山がセットになって記憶されている。

今日は、がんばって早起きして、今年初のヨガ。なかなか布団から出られなくて、大変だった。


そして、帰ってから、朝昼ご飯。作ったのは、インド風焼きそば。愛用している伊府麵《イーフーメン》（これ、とーーーーっても美味しいです！）を、オイスターソース、それにガラムマサラで味付けし、最後に卵焼きをのっけたもの。麵の具は、もやしのみ。ガラムマサラは、バンクーバーの、世界一おいしいインド料理店で買ったものだ。二度目の挑戦で、かなり完成に近づいている。ペンギンも大好物だし、わが家の定番になりそうだ。

東京はお正月からずっと晴天続き。椎茸《しいたけ》とお餅《もち》が、なかよく日光浴中です。

スローフード

1月11日

昨年末に行ってきた北イタリア。旅の目的は、イタリアのスローフード協会の会長、カルロ・ペトリーニさんにお会いすることだった。

今、私達は、ごく普通にスローフードという言葉を使っている。ファストフードをほとんど全く食べない私にとっては、むしろスローフードの方が親しみがある響きで馴染みがある。

でも、今回わかったのだけど、ペトリーニさんが中心となってスローフードを提唱してから、まだ25年くらいしか経っていないし、日本にスローフードが紹介されたのも、たった10年前。それだけの短期間に、あっという間に世界に広がったのだ。

スローフード、そしてスローライフという精神が、世界中の人々の意識を変え、食べ方、ひいては生き方の選択肢を増やした。その張本人がペトリーニさんなのだ。それって、よくよく考えると、とってもとっても、すごいこと。

作品を書いている時は意識をしていなかったけど、『食堂かたつむり』の倫子のやり方というのは、まさにスローフードなのかもしれない。しかも、イタリアのスローフード協会のシンボルマークは、カタツムリ。そんなご縁でいただいたお仕事だった。

イタリアのスローフード協会の本部は、北イタリアのブラという小さな町にある。トリノから、車で1時間ほどの所。そこで、ペトリーニさんは生まれ育った。そしてそのブラに、私も行って、町の空気を肌で感じ、その土地でしかいただけないおいしい料理を食べ、ペトリーニさんにお会いし、お話をうかがってきた。

正直、『食堂かたつむり』を、重たいな、と感じた時期もあった。ランドセルに、なんだか石が入っているような。でも、今回の旅って、まさにデビュー作を振り返るような感慨深い時間だった。イタリア語に翻訳された『食堂かたつむり』が、実際に町の本屋さんで置いてもらっているのも、はじめて目にできたし。本当にあと数日で、『食堂かたつむり』から、丸3年。これで、ぐるっと自分の原点に戻ってきたような感じがする。

慣れないテレビのお仕事だし、行くまでは、夜もうかうか眠れないほどに、心臓がドキドキだった。でも、いざ北イタリアに行ってみたら、その土地の空気に、すーっとなじめたのだ。そして、ディレクターさん、カメラマンさん、音声さんが本当にリラックスした雰囲気を作ってくださったおかげで、とても楽しむことができた。ふだん私は一人で物語を書いているけれど、みんなで力を合わせて一つの作品を生み出すのもまた、とてもシアワセなことだと思った。

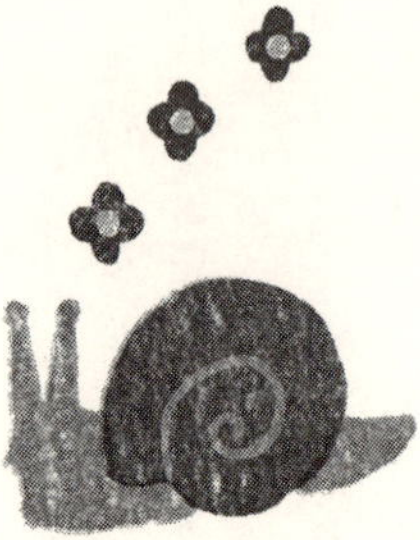

ドキュメンタリー

1月14日

テレビのことを、少し。うちは、一応テレビはあるんだけど、居間には置いていない。この方法、とっても大正解だ。前の家では、居間にあった。そうすると、テレビ大好きなペンギンは、ずーっと見てる。食事する時も見たがるので、引っ越しを機に、テレビは別の部屋に追いやった。そうすると、いかに、見なくていい時までテレビをつけて時間を無駄に過ごしていたかがよくわかる。

私の場合、日々の暮らしでテレビをつけるのは、ニュースとドキュメンタリーだ。テレビの醍醐味《だいごみ》って、ドキュメンタリーなんじゃないかなぁ、と個人的には思っている。圧倒的な事実の前では、物語なんてほんの小さな力しか発揮できないなぁ、と思うこともしばしばだ。本当は、もっともっとドキュメンタリー番組をやってほしい。

年末の30日にフジテレビで放送された『私たちの時代』、これは本当に素晴らしかった。

能登にある高校の、ソフトボール部の3年間を追いかけたもの。その間には、能登半島地震もある。ひたすらずっとカメラを回し続けたからこそ、の結果なのだと思う。淡々と、けれどそこには等身大の大きなドラマがあって、喜怒哀楽のすべてが映されている。スタッフの方は、どれだけ大変だっただろう。ここには何かある、と信じ続けたから、あのような余《よ》韻《いん》の残るドキュメンタリー番組が生まれたんだろうと思う。

あんまり感動したので、番組のプロデューサーの方に、さっそくお手紙を書いて投函した。私も、本を読んでくれた方からお手紙をいただくと、とても励まされるので。ぜひ、アンコール放送をしてほしいとお願いした。もっともっと、たくさんの人に、あの番組を見てほしい。手紙、読んでいただけるといいな。

私も、昨日放送された『未来への提言』という番組に関わったから、制作者側の大変さを、少しは知っている。一概には言えないけれど、40分のテープのうち、実際に使われるのは、1分くらいらしい。それを、何十本と映す。どのシーンも、最大限の技術と情熱を込めて。スタッフの方は、本当に、本当に大変なことだ。これからは、また違った意識で、作っている方達の努力も想像しながら、番組を見るようにしよう。

それにしても、インタビューの時の私のイタリアンメイク、すごかった。一応、心の準備はしていたのだけど、その想像をはるかに上回るすごさだった。横でペンギンが、大爆笑。

イタリア人のメイクさんには、きっと私の顔がものすごーく物足りなかったのでしょう。そして、なんとかしてあげよう、と一所懸命つくしてくださったのだと思う。

寒かと。

1月16日

さっき、お買い物に行ってきた。いつものスーパーに行ったら、あれは、なんていうんだろう、期間限定で、端っこに試食コーナー付きの小さい店ができていた。見ると、おいしそうな、ハムやソーセージを売っている。買おうかどうしようか見ていたら、「はい、食べて」とハムの試食を渡された。続いて、生で食べられるベーコン、さらに続いて、そのベーコンとソーセージで作ったポトフもくれようとする。「保存料とか、少ししか使ってないと。安心して、食べられると」。どうやら、鹿児島から来ているらしい。

いただいたポトフを食べていると、「外、寒かと。食べて、食べて」と、うれしそうにする。もちろん商売で来ているのだろうけど、買う云々《うんぬん》より、自慢の商品を食べてくれる、というのがうれしそうだった。

結局、私は切り落としのハムを買った。商品をカゴに入れてくれた時に、おばさんが、

「なんか、おいしそうなの、できそうと」と目を細める。ほんの数分のやり取りだったけど、なんだかおばさんの言葉に、おなかからポカポカとあったかくなった。

　今日の夜は、お客さま。メニューは、煮ハマグリと、砂肝《すなぎも》のコンフィ、（奮発して）毛がに、白子ポン酢、ぶり大根、本物のししゃもの天ぷら、蓮根のきんぴら、最後はインド風焼きそばの予定。

　そして、今夜はお泊まりなので、明日の朝はきりたんぽ鍋。

　どうやらきりたんぽは、無理して割り箸《ばし》に付けて細長くしなくても、いいみたい。お団子状に丸めて焼くのだけど、私、この丸める作業が、好きだ。焼き上がりも、なんだかのほほんとしてかわいくて、見ているだけで気持ちが安らぐ。

あるもので

1月21日

東京は、いまだに晴れ続きだ。雨が降っていないから、近所の川の水も、だいぶ少なくなっている。鴨《かも》の親子が、少ない水のところで、一列に泳いでいたのがかわいかった。

あることを実現すべく、今年は節約モードの私。ふふふ、今年になって、まだ一回も外食をしていない。きっと、ある人達にとってはそれって当たり前のことなんだろうけど、会社で働くような人達にとっては、大変なことだろうなぁ。やりたくてもできないだろうし、糸さんだからできるのよ〜、という声が聞こえてきそうだ。

でも、どんなに安いお店を選んで行ったって、家で作って食べる方が絶対に経済的だ。自炊のコツは、あんまりケチケチしないことなんじゃないかと思う。究極の節約モードになってしまうと、きっとペンギンから不満が噴出しそうだし、自分でもだんだんストレスがたまってくる。私の場合、幸いにして、いまだに年末からの料理脳が活発だ。

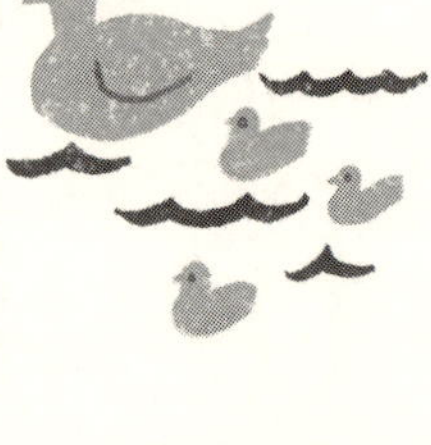

なんとなく自分の料理が行き詰まっているように感じていたのは、メニューのせいかもしれない。たとえば、お客様を招く時、献立が毎回一緒になってしまう。それで今年は、お客様の時でも普段の献立でも、あんまりメニューを決めないことにした。

メニューを決めてから買い物に出ると、どうしても、旬《しゅん》じゃない高い物とかも買ってしまう。だから、まずは最初に買い物に行って、今が旬の安い食材を手に入れる。それから、その材料で作れる料理を考えるのだ。要するに、家にあるもので作るということ。そうすると、レパートリーも増えるんじゃないかしら。今年になって、初めてのメニューにどんどんチャレンジしている。

ちなみに、昨日の夕飯は、さつま芋《いも》のレモン煮と、蒸しキャベツの干し海老ソースがけ、あとはお漬け物パスタ。パスタには、大根を買った時についてきた大根の葉っぱも刻んで入れた。あるもので作ったけど、ペンギンも大満足。家で作って食べるだけで、本当に経済的で、助かる、助かる。

そうそう、さっき、うれしいお知らせが舞い込んできた。『つるかめ助産院』の3刷りが決まったとのこと。うれしい！！！「亀」の背中に、がんばれ、がんばれ、と応援しているような心境だ。ゆっくり、でも確実に、みんなの所に届くとうれしい。読んでくださった皆様、本当に、ありがとうございます。

遊牧民ブーツ

1月26日

どうやら、去年2回行ったモンゴルのおかげで、寒さに対する許容範囲が、ぐーんと広がったらしい。周りの人が寒い寒いと口にしていても、私は、そんなに寒いかなぁ、と内心では思っていたりする。

よく考えると、3月の時は、凍《い》て付いた大地の上に、一枚布は敷いてあるけど、ほぼ直接寝ていたのだ。ゲルの中だけど、ストーブの火が消えると、本当に寒かった。最初の夜は、寒くて寒くて眠れなかった。マイナス20度とかの寒さになっていたっけ。そんな中、外の、青空もしくは星空トイレをしていたっけ。今思い出しても、おなかの辺りがひんやりする。

冬だけでなく、夏に2回目に行った時もまた、寒かった。体力的には、1回目の冬よりもさらに過酷だった。だって、昼間は40度近くになり、夜は0度近くになるから、暑くて寒かったのだ。夏なのに、ブルブル震えて眠ってた。覚悟と装備がない分、夏の方がきつかった。

でも、そんな2度の寒い経験を経たら、あれれ？　もしかして私、逞《たく》ましくなっている？と最近、すごく思うのだ。あの、ほとんど地べたに寝ていたような環境から較べると、お布団で眠れるなんて天国だ。

そして、寒くなると、モンゴルのハヤナーさんのことを、思い出す。「寒い」と「モンゴル」は、私の中で、セットで記憶されているのかもしれない。

こうして私が今、あったかい格好に身を包んでパソコンに向かう今も、モンゴルの凍て付いた大地にぽつんと立つハヤナーさんのゲルの中では、日々の暮らしが営まれているのだ。

水は、凍った川の氷を溶かして。

ストーブの燃料は、牛糞《ぎゅうふん》や、枯れ草のような細くて頼りない木ぎれ。

食べ物は、牛の乾燥肉。

寒さで、家畜達は死んでいないかな。

手術をしたハヤナーさんの頭の傷、ずきずき痛んでいないかな。

寒かったけど、本当に楽しかった。

そして、今私が足下に履《は》いているのは、2度目のモンゴルで買ってきた、遊牧民ブーツだ。

腰に巻いているのは、1度目のモンゴルで買ってきた、ラクダのブランケット。

どっちも、ものすごーく治安が悪いと評判の、ウランバートルの市場で買ってきたものだ。

もしかしたら、このモンゴル産の防寒具のおかげで、あったかいのかも。いや、でもやっぱり、私、確実に寒さに強くなっている気がする。

留守をまもる

1月30日

ペンギンは、今日から出稼ぎで、雪国へ。とある大学で音楽の先生をやるため、大きなスーツケースにたくさんの荷物を詰め込んで、出かけた。去年に引き続き、2度目の授業。うれしいことに、生徒は去年の倍に増えたらしい。午前と午後の集中講義だそうだ。ちゃんとテストも作ったりして、年明けから、がんばっていた。

私が出かける時は、いつも大量にひじきを煮て行くのだけど、今回は、ペンギンの方がわが家のダシ担当者として、たくさんの和風ダシを作ってくれた。一人だと、私がいい加減な食事しかしないことをお見通しなのだ。でも、ダシさえあれば、なんとでもなる。これで、ペンギンが戻るまでの1週間弱、家の中に籠城《ろうじょう》できる。

まるで海外に行くかのような荷物なので、最寄り駅までお見送りに行ってきた。エスカレーターでホームに降りていくペンギンの姿が見えなくなるまで、手を振る。いつも見送られるばっかりだったから、久しぶりに残る側の気持ちを思い出した。なんだか、しゅんとなってしまう。これから数日、留守をちゃんとまもらねば！

帰りは、川沿いを歩いて帰宅した。川の表面に、ワインの瓶みたいなのがぽこぽこ浮かんでいる、と思ったら、水中で餌《えさ》をとっている鴨だった。5羽が並んで、おしりを突き出している。

桜の木の枝先には、ぽつぽつと蕾《つぼみ》が膨らんでいた。こっそり、水仙の花も咲いている。

春が待ち遠しい。

『わたし、ぜんぜんかわいくない』

2月2日

『ふたりの箱』に引き続き、クロード・K・デュボアさん原作の絵本を、また翻訳させていただいた。タイトルは、『わたし、ぜんぜんかわいくない』。原作のタイトルは、「Pas belle」で、直訳すると、まさに「ブス」となる。自分のことをかわいくないと思っている女の子のお話だ。

訳をしながら、あぁ、この気持ち、わかるわかる、私も同じようなこと、したっけ、と思うことが何度もあった。よっぽど自分の容姿に自信がある人以外、たいていの人が似たような感情を持ったことがあるんじゃないかしら？　作者は、娘達にこの本を書いたとなっているので、きっと、何か大切なことを伝えようとしたに違いない。

容姿に恵まれたかわいい女の子を羨ましがり、自分もかわいくなりたい、と思う気持ち。そんな、きゅんと切なくなる感情を思い出させてくれる絵本です。

一人暮らし

2月7日

ペンギンが帰って、数日。やっと日常が戻ってきた。

お留守番は、思いの外《ほか》たいへんだった。去年もやったはずなのに、と思ったら、去年は、ペンギンが留守にする間、私も取材で南の島々を巡っていたのだった。だから実質、今回がはじめてのお留守番。正直なところ、かなり疲れた。

ふだん連携プレーでやっているようなこと、たとえば、朝のカーテンを開けておく、とか、どっちかが食事の準備をしたらもう一人が後片付けをやる、とか、ストレッチのマットを出すのが私なら、片付けるのはペンギンとか、そういうのが全然機能しなくなる。

朝起きて、リビングがなんだか薄暗くて、なんでカーテン開けておいてくれないのよ、と思いそうになり、そうか、全部自分でやらなきゃいけないんだ、と気づくようなことがたくさんあった。

怖い夢を見ても、となりに人がいないとなんだか不安になるし、へたをすると、1日誰とも会話をしない、なんてこともありえる。社交的な人ならいいんだろうけど、私みたいな人間が一人でいると、どんどん引きこもってしまう。学生の時、一人暮らしをしたことはあったけど、そしてそれなりに楽しかったけど、二人に慣れてしまうと、なんだか今更一人暮らしに戻るのは、大変だ。洗濯物だって、ちょっとしかたまらないから、何日か分をまとめてやることになる。

もちろん、二人でいれば好きなことができなかったり、煩わしいと感じることもたくさんあるけど、なんだか一人だと部屋も寒々しくて、短いお留守番で済んでよかった。

ショージさんとタカオさん

2月10日

試写会へ。ドキュメンタリー映画、『ショージとタカオ』を見に行く。

なんて軽やかな映画なのだろう。「冤罪《えんざい》」というとっても重たいテーマを扱っているのに、全編を通して、満開の桜の木の下にいるような、ふわふわとした気持ちになる。きっと、監督・構成・編集をたった一人でされ、撮影も担当された井手洋子さんが、優しい気持ちで彼らのそばに寄り添っている、その空気感が映し出されているからだと思う。

テーマがテーマなのだから、拳《こぶし》をかかげるような内容にもできたはずなのに、井手さんは、少しも声を荒らげることなく、ナレーションも、実に淡々としている。

もしこの映画を見なかったら、たとえ「布川事件」のことが数十秒ニュースで流れても、ふーん、で終わっていたと思う。「冤罪」は、あってはならない、大変なこと、という通り一遍の怒りは持っていても、そこにたくさんの物語があることを、見過ごしていただろう。

ワルだった二人は、20歳の時に別件で逮捕され、そのまま殺人事件の容疑者にされ、29年間も投獄された。そして井手さんは、二人が仮釈放された1996年の秋から、再審公判が始まる2010年の夏まで、14年間二人を取材し、この作品を作った。

極限の環境の中では、自分がしていないことをしたと自白してしまう。でも一方で、人生の大半を牢獄で過ごしても、絶望して投げやりになることもなく、その後、伴侶《はんりょ》を見つけ、子孫を残す。そんな彼らを、無償で支え、励ます人々がいる。人間って、弱いけど、同時に強くもあるんだな、と、人の持つとてもいい面に触れた気がする。人の住む所にも、希望ってあるんだな、と教えてくれる。

これまでも試写会には何度も足を運んだことがあるけれど、終了と同時に拍手が起こったのは初めてだ。見終わって、心の中心部にずしんと何かをプレゼントされたような、ステキな気持ちになるドキュメンタリー映画だった。

それにしても、エンディングが絶妙！　あんな終わり方ができるなんて、反則だ、と思ってしまう。

一刻も早く、二人に「正式に」無罪が言い渡されてほしい。

4750円！

2月15日

雪、花粉、雪、花粉。右と左から、連日交互にパンチが飛んでくる。どっちも大変だけど、個人的には、花粉の方がより強力だ。今日は、花粉の方。

頭にはもわもわ霧が立ちこめ、ぼ〜んやり。やらなくちゃと思うことはたくさんあるのに、なんだかシャキッとしない。なんだかなぁ。

だけど、こうしてばっかりもいられない、と思い立ち、えいやっ！　と重い腰を上げた。取り組んだのは、商店街のスタンプ整理。何か買うごとに、その払った金額に応じて、スタンプをくれるのだ。それぞれ商店街ごとに台紙があって、それにペタペタ貼って全部たまると、その台帳1冊でいくら、という感じでまた現金の代わりとして使うことができる。

そういう整理をこまめにやる性格ではないので、スタンプが、たまりにたまっていたのだった。いつかやろう、いつかやろう、と思ううちに、年が明けて、入りきらないスタンプが、缶からあふれ出していた。

　でも、やってみると意外とやみつきになる。私の場合、A、B、Cと3つの商店街を掛け持ちしているので、スタンプも3種類。まずはそれをより分けて、それぞれ台紙に貼っていく。

　そんな作業に集中していると、花粉のイライラも、少しは忘れそうになり驚いた。こんなにたくさんたまっていたんだ。全部貼ってみると、一番頻繁に行くA商店街で、500円の台紙が5枚、次のB商店街は、同じく500円の台紙が3枚、あんまり行かないC商店街でも、250円の台紙が3枚、そう、合わせてなんと、4750円も！

　引き出しの中でほとんどゴミのように扱われていたあのスタンプに、5000円近い価値があったとは。スタンプ整理も、やってみるものだ。

　今日は、A商店街の満杯台紙2枚を持って、お肉屋さんに行ってきた。上等の和牛切り落とし肉が、200グラムも買えた。しかも、おつりが出ないんですけど、と言われ、じゃあ、適当に1000円内で入れてください、とお願いしたら、肉屋さんのお姉さんが、何度もいろんな肉で試して、なるべく1000円に近い金額になるよう調整してくれる。

　お金を払わない客なんだし、本当に適当でよかったのに。

「いろいろがんばったんだけど、ぴったりにはできなくて。ほんのちょっと、少なめです。

申し訳ございません！」だって。

こちらこそ、申し訳ございません。

とりあえず、こんなことをして、なんとか花粉をやり過ごそうとしているのだけど。

ひじきはじめ

2月19日

今年初の「ひじき」。ということはつまり、今日から私は海外に行くのである。目的地は、アラスカ。寒そう！　だけど、旅は半分修業のようなものだから、今回も覚悟して、行ってきます。

それにしても、去年のモンゴルに続き、私、結構、寒い時に寒い場所に行くのが好きなのかもしれない。暑い時に暑い所に行くのは無理だけど、寒い場所には惹《ひ》かれてしまう。

私も今回はじめて知ったのだけど、直行便で行けば、アラスカまで7時間ちょっとなのだ。

あ〜、楽しみ。行いが良ければ、オーロラが見られる。とりあえず、軟弱な分、防寒対策はしっかりとした。

今回の旅のお供は、たまねぎビスケット。

これ、簡単に作れるのに、かなり美味。赤ワインなんかに、ぴったりだと思う。このたまねぎビスケットを、アラスカの氷原で食べたら、どんな気分だろう。いっぱい、ゴロンしてこよっと。

海外つながりで、外国を舞台にしたおすすめの本です。

まず1冊は、ベルティーナ・ヘンリヒスさんの『チェスをする女』（筑摩書房）。ギリシャのホテルで客室係として働くエレニが、ある時チェスに目覚め、周囲の反対をよそに、少しずつチェスにのめりこんでいくというお話。

妻として、母として、客室係として、平凡な生活を送っていたエレニにとって、チェスをするというのは大冒険に繰り出すようなもの。でも、どんな境遇にあっても、冒険への扉は、本人さえ勇気を持って押し開《あ》ければ、ひらけるのだということを、静かに教えてくれる。そしてその勇気が、周りの人の心をも動かすことができる。

自分がチェスをしていることを家族に悟られないよう、エレニはチェス盤を家の中のある場所に隠すのだけど、その隠す場所がなんともユニークで愛《いと》おしかった。フランスで発売され、口コミで少しずつ広がり、映画化もされたのだとか。日本で翻訳が出されるに当たり、帯の言葉を書かせていただいた。

そしてもう1冊は、大島真寿美さんの『ピエタ』（ポプラ社）。こちらは、18世紀のヴェネツィアを舞台にした物語。作曲家のヴィヴァルディと、孤児たちを育てる「ピエタ慈善院」のお話で、史実をもとに書かれたもの。

雪に閉ざされた先週末、一気に読んだ。まるで、自分も同じ時代のヴェネツィアにいるような気持ちになり、ゴンドラの揺れや、仮面についた羽根の感触までが伝わってくる。とってもとってもふくよかな作品だった。装丁もすごくステキで、この本のそばにいるだけで、うれしくなる。読み終わった時、じんわりと幸せな気持ちに包まれるお話です。

2冊ともヨーロッパが舞台で、女性達の奮闘を描いているあたりが、なんとなく共通する。どちらも、すごーくおすすめです。

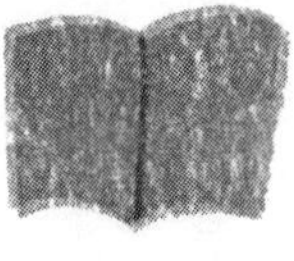

ノーザンライツ

2月24日

見上げると、光の帯が羽衣のように動き出した。緑からピンクと、刻々と色が変わる。舞踏会で踊る貴婦人のドレスの裾《すそ》が、揺れているみたいだ。なんて、幸せなんだろう。うれしくて、じんわり涙が滲《にじ》み出てくる。

なーんてことはなく、オーロラって、肉眼で見ると、白いのです。ほとんど、雲。私は最初、どれがオーロラかもわからなかった。

よくエメラルドグリーンに輝いている神秘的な絵を見るけれど、あれは、写真（特にデジカメ）で撮るからああ見えるだけ。一年に一回くらいは、本当に肉眼でも緑色に見えるらしいのだけど、普通に見られるのは、雲？　煙？　月明かり？　と、そんなようなもの。

オーロラというと、たいてい、夜空に赤い色が広がっていたりしてそれはそれは神秘的だったりする。でも、それっていうのは、十数年に一度あるかないかのオーロラで、カメラマンが何十年もレンズを構えてやっと撮れた奇跡の一枚なのだ。そんな空が、毎晩毎晩、展開される、というのは全くの誤解らしい。

私も、オーロラは見たけど。たとえるなら、バリウムをのんだ胃をレントゲンで見ている感じかなぁ。ちょっと動くのも見えたりして。見る人によっては、かすかに緑色っぽく見えたりするらしい。

私は、「裸の王様」のお話をちょっと思い出した。どうしても私には天の川のようにしか見えないのだけど、それを言っちゃったら、その場の雰囲気が台無しになるような……。

そもそも、オーロラに幻想を抱いているのは、日本人だけらしい。「オーロラと日本人」、このテーマで研究したら、何か発見があるかも。新書で、ないのかな？　オーロラという響きそのものが、なんだか神秘性がある気がする。

でも、現地の人達は、オーロラのことを、ノーザンライツと呼ぶ。北の方の光、ただそれだけ。実際に見てみれば、なるほど、おっしゃる通り。北の空が、薄ぼんやりと、白く見える。私も、これでオーロラは卒業することができたぞ。今度からは、ノーザンライツだ。

本当に、百聞は一見にしかず、だなぁ。

今まで、オーロラのこと、何も知らずにいたんだ、私。

でも、この目でオーロラがどんなものか確かめられたから、もうオーロラには惑わされないで生きていける。

それでもペンギンは、信じなくて、僕も見に行くと張り切っている。自分が行けば、色つきの、極彩色のオーロラに出会えると信じているのだ。うん、それもいいでしょう。自分の目で確かめるのが、一番だもの。

でも、楽しいことも、もちろんあった。マイナス30度の夜に入った露天風呂は、最高に気持ちよかったし。凍った湖でやった、アイスフィッシングも楽しかったし。

今は、ひとつ欲望を捨てられたようで、清々《すがすが》しい気持ちでいっぱい。

今度は、夏のアラスカに行ってみよう!

DNA　2月27日

あれよあれよという間に、気がつけばもう3月が目の前。今年はもういいかな、と思ったりもしたのだけど、やっぱり一瞬でも出すことにした。マイお雛《ひな》様。祖母の嫁入り道具だったタンスの上に、全員集合で飾ってみた。狭い場所にぎゅうぎゅう詰めなので、五人囃子《ばやし》のうち2名が、写真に入らなかったけど。

先日、駒場東大前にある日本民藝館に行ってきた。日本をはじめ、近隣諸国の民芸品などをたくさん見ることができる。とても気持ちのいい、ステキな場所だ。

おもしろいな、と思ったのは、私が、うわぁ、いいなぁ、と思うのが、ことごとく自分の故郷《ふるさと》で作られた物だったことだ。たとえば、とても丁寧に刺し子が施された冬用の足袋《たび》だったり、麻の生地に模様を施した着物だったり。特別に郷土愛が強いわけではないと思うのだけど、なんだか、自分でも意識しない無意識の感覚で、惹かれてしまうのかもしれない。

今は、特別展で日本の古人形の展示をしているのだけど、そこでもやっぱり、このお人形、大好き、と思うのは、米沢の相良《さがら》人形や、鶴岡の鶴岡人形だった。決して精密ではなく、どこかとぼけていて、人の手の温もりが存分に感じられる人形達。どうやらそういう人形に、私は魅力を感じるらしい。

私の持っているお雛様も、そういう流れをくむものなのだろう。やっぱり、出してよかった。これで、気持ちも新たに、春を迎えられる気がする。


明日から、取材で雪国へ。

この冬は、イタリアに行ってもアラスカに行っても、雪がついてくる。きっと、今回も雪の気がする。

雪国ならではの手仕事に出会う旅、たくさんのカイロを持って、行ってきます。

駄菓子屋さん

3月8日

お風呂に行く通り道に、駄菓子屋さんがオープンした。かなりレトロな佇《たたず》まいだ。看板には、「お休み処《どころ》」とあり、夜も営業をしているのか、棚にはお酒の瓶なんかも並んでいる。確か、以前はタバコ屋さんだったような。いや、酒屋さんだったかな。とにかく、ほんの少し店を改装して、そこのおばあさんが始めたのだろう。雰囲気からして、「趣味」みたいなものだと思っていた。

正直、こんな時代だし、お客さんなんか、来ないんじゃないかと思っていたのだ。ところがどっこい、連日、大盛況なのである。特に昨日みたいに雪が降ったりしてお天気が悪い日は、外で遊べない子ども達が、大勢押し寄せているのだ。店を守るおばあちゃんも、うれしそうにしている。

私が子どもの頃、かろうじて駄菓子屋さんはあった。少ないお小遣いを握りしめて、何を

買おうかあれこれ考えて、とっても楽しかった記憶がある。でも今は、ほとんど見かけない。
確かに、よく考えると今、子どもがこんなふうに集まれる場所って、ないのかもしれない。家だって小さくなっているし、子どもをたくさん遊ばせてあげられる余裕のある家は、なかなかないと思う。

今日も、小学生高学年と見られる男女がたくさん入り乱れて、駄菓子屋さんに集まっていた。みんな、楽しそうだ。ある男の子は、うれしそうにカップ麵をすっている。コンビニに群がるより、ずっと健全だ。駄菓子屋さんを出る時も、みんな口を揃《そろ》えて、「おじゃましましたー」と言っていた。ここはきっと、子ども達にとって、「店」というよりも「おばあちゃんち」みたいな感じなんだろうな。おばあちゃんにとっても、とても励みになっているはず。

家の一角をちょっと工夫するだけでできそうだし、駄菓子屋さん、これからもっと増えたらいいのに。

3日目

3月14日

ニュースで伝えられる惨状に、呆然《ぼうぜん》としてしまう。仙台にはかつて祖母が暮らしていたので、何度も何度も訪れていた、私にとっては第二の故郷のような場所だし、岩手は、つい先日、取材でうかがったばかりだ。被災された皆さんに、心からのお悔やみを申し上げます。

今はただただ呆然と立ち尽くしてしまっている感じだけど、これから少しずつ個々の悲しみに目が向けられると思う。そうしたら、悲しみは、さらにさらに深く、人を打ちのめしてしまうだろう。本当に、辛い現実を受け入れなくてはいけなくなる。

節電を心がけたり、募金をしたり、自分にできることを精一杯しなくちゃ、と思う反面、あまりに凄《すさ》まじいことが起きてしまっていて、気持ちが定まらない。無気力というか、虚脱感というか。離れた場所にいる私ですらそうなのだから、被災地の方を思うと、本当に胸がつぶれてしまいそうだ。

でも、東北の人は、粘り強くて辛抱強いことを、同じ東北人として、私はよく知っている。

だから、共にがんばろうと思う。

どうか、これ以上の被害が出ませんように。

ありがとう、を。

3月17日

明日で、地震発生から1週間になる。

自然の手のひらの中では本当に無力な私達だけれど、ここ数日で、人の強さやたくましさも同時にひしひしと感じている。がれきの中でも誕生する命があることを忘れずに、希望を持って、自分の心を信じ、直感・本能を頼りにして、この大変な時を乗り越えていかなくちゃいけないのだ。

今回のことで、自分自身の暮らし方や生き方を、もう一回きちんと考えることになるだろう。そして、自分にとっての大切なことが、はっきりとわかった気がする。

でも、まずは被災地の皆さんに温かい心を！

平常心で

3月19日

長い長い1週間だった。地震が発生した時は、あまりの惨状に、思考がストップした感じになっていた。ただただ呆然と立ち尽くすだけで、ニュースから目が離せず、この先、どうやって生きていったらいいのか、頭の中が真っ暗になった。

でも、人って本当に強い。

1週間のうちに、ここまで日常が戻るとは、思っていなかった。外を歩けば、空気がふんわりと軽くなっているのを感じるし、その空気の中には、甘い花の香りがまぎれている。見上げると、大きく膨らんだ桜の蕾。時間は、確実に流れている。

地震直後、コメンテーターのどなたかが、自然に裏切られた思い、とおっしゃっていたけれど、私は、そうかなぁ、と思う。自然を裏切っていたのは、人の方かもしれない。自分も含め、もっともっと、謙虚に慎ましくありたいと思う。

復興には、きっと、とてつもなく長い時間がかかるだろう。かなりの長丁場だ。だから私たちも、その覚悟でのぞまなくてはいけない。精神的な体力をつけて、揺るぎない心で支えなくちゃいけない。こんなちっぽけな自分に何ができるんだろうと考えてしまったけれど、やれることはたくさんある。

常に冷静な判断ができるよう、おなかの底にグッと力をためて、平常心でいたい。だから今朝は、ヨガにも行ってきた。緊迫してしまった心身を緩めるのに、ヨガはとても有効だから。

それぞれが、自分にできることを淡々とすればいいだけのことじゃないかな。

何が正しいやり方なのかなかなか見出《みいだ》しにくい状況だけど、常に自分だけじゃなくて全体のことを考えて行動すればいいと思う。

首都圏だったら、必要な人以外車に乗らないとか、食料品の買い占めをしないとか。こういう緊急時には、モンゴルでの経験が、とても役に立っている。

長く続けるためには、ストレスをためないことも、とても大事だ。お酒を飲んだ方がリラックスできるなら飲んでいいと思うし、旅行に出て疲れた心身を癒すのだっていいと思う。たくさん働いて税金を多く納めるのもひとつの方法だし、飲食店に行って消費を活性化させるのもひとつ。

このままでは、飲食店の人達も大変だ。お酒を2本飲みたいところを1本におさえて、1本分の金額を寄付にするとか、できることは、山ほどある。

「不謹慎」という言葉で、自由な発言や行動ができなくなってしまうことが、一番怖い。もちろん、本当に非常識な言動もある。そういうものに対しては、冷静に心に記憶して、正統的な方法で、きっぱりNOの意思表示をするのがよいのでは。

今は、世の中全体がヒステリックになってしまうのが、恐ろしい。心臓がドキドキしてパニックになりそうになったら、まずは大きく深呼吸。そして、笑顔。

とにかく、忘れないこと、そして長く続けること。

被災地の方達の悲しみを常に心に留め、寄り添っているというだけでも、きっと大きな支えになると思う。

一日一通

3月23日

東京でも、まだまだ余震が続いている。なるべく平常心で、とは思うものの、心が騒いでなかなか落ち着けない。ずーっと、揺れているような感じがする。

それで、こんな時だからこそ、手紙を書くことにした。一日一通。親しい知人、友人とは、すぐに電話やメールで安否を確認し合ったけれど、ちょっと離れている人とはまだ連絡を取っていない。便りがないのは大丈夫な証拠だろうとは思うけれど、命があることの有り難みを実感する今だから、少し疎遠になってしまった人達にも、手紙を出してみようと思った。ゆっくりと、それぞれの人のことを思い出しながら。

皮肉にも、停電になったことで、月明かりのまぶしさに気づいたという話を聞いた。本当に、ふだんの平穏な暮らしがいかにかけがえのないものだったかを、改めて思い知る。

なかなか遠出できないので、こういう時は読書もおすすめだ。昼間なら、電気に頼らなくても、お日様の力を借りて読むことができる。実際の旅には出られなくても、本の中を、自由に旅することができる。

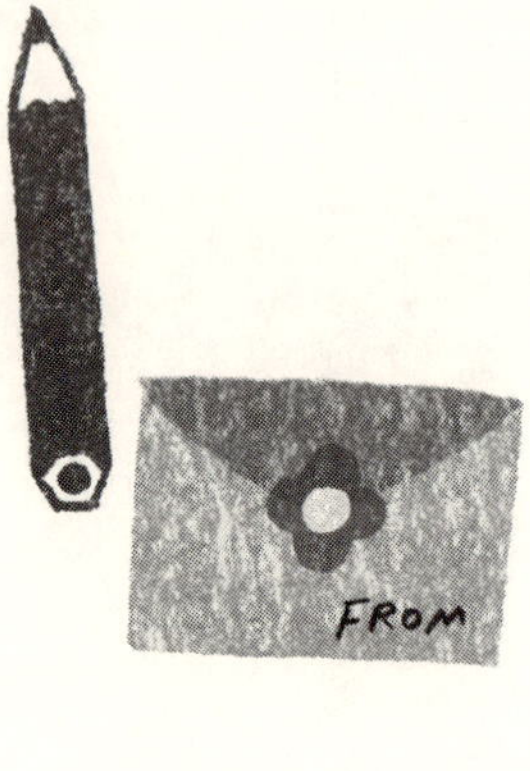

小さなことでも

3月29日

新聞をめくっていたら、ユニセフが子ども向けの本の寄付を受け付けているとあったので、さっそく今日、荷造りをして送り出した。被災地に、小さな図書館を作るという。自分の本も、ささやかだけど、その役に立てたらうれしい。

一冊一冊に、小さなメッセージを添える。束《つか》の間《ま》でも、傷を負った子ども達の心が癒されますように。

週末は、駅前で高校生達が、必死に募金活動を行っていた。本当に、声をからして呼びかけている。もしも道行く大人達がみんな無視して通り過ぎてしまったら、きっと街頭に立つ子ども達は、大人になることに希望を持てなくなってしまうかもしれない。だから、たとえ少しずつでも、募金活動を見かけたら、お金を入れるように心がけている。

連日新聞に掲載される、亡くなった多くの人々。

それぞれに、家族があり、思い出があり、歴史があったことを思うと、涙があふれてくる。今まで何気なく耳にしていた「アンパンマン」の歌も、ちょっと歌詞を読んだだけで、泣きそうになった。

被災地の皆さんも、悲しい時は、ため込まずに思いっきり泣いてください。

そして、複数の知人から教えてもらった、ある看護師さんのブログ。彼女は震災後、陸前高田へ医療救援スタッフとして行かれたとのこと。読みながら、涙が止まらなくなった。大切なことを教えていただいて、心からありがとうを言いたいです。

ちょっと前まで、「孤族」が問題にされていたのに。こんなに大きな犠牲を払わないと、人は大切なことに気付けなかったのかな。たくさんたくさん絶望してしまうけど、それでも希望の光が見えてくる。

どうか、みんなで心から笑い合える日が訪れますように。

ちょうちょうなんなん

4月5日

時を同じくして私のところに届いた『蝶々喃々』の文庫と、韓国語版。

文庫の方は、装丁を新たに、巻末には、担当の吉田さんが描いてくださった、物語に登場するお店などをのせた地図がおまけにつけてある。これを見ながら、ぜひ、根津や千駄木や谷中の辺りを、ぶらぶらとお散歩していただけたら、うれしいです。

韓国語版の方は、相変わらず何が書いてあるのやらさっぱりわからないけれど、とても丁寧にきれいに本にしてくださったことが伝わってくる。日本の四季や着物のこと、食べ物のこと、どんなふうに訳してくださったのだろう。

タイトルの『蝶々喃々』は、男女が親しげに小声でおしゃべりをしている様子のこと。

こんな時だからこそ、好きな人と一緒に時間を過ごしたり、食卓を囲むささやかな幸せを、味わっていただけたら幸いです。

ちなみに、「喋々」は、ひらひら空を飛ぶ「蝶々」ではなく、「しゃべる」方の漢字。

今日は、その文庫版の『喋々喃々』に、サインをたくさん。

行ってらっしゃい、元気でね！　縁あって手にしてくださった皆様、どうぞ、末永くかわいがっていただけますと幸いです。

そして私は明日から、パリ取材。こんな時期に家を離れるのは忍びないけど、前々から計画を立てていたことだし、がんばって行ってきます！

半月ほどの旅行になるから、今年は桜は見られないかなぁ、と思っていたのだけど、どうやらほとんど咲いている模様。後で期日前投票に行くから、帰りにペンギンとお花見をしてこようかな。

パリからの

4月9日

日本より寒いと思って来たら、毎日20度を超えて、初夏のようなお天気が続いている。日中は23度くらいまで上がるので、半袖《はんそで》の人が大半だし、夏が待ちきれないというように、ノースリーブの人もいる。もっと灰色の景色を想像していたのに、拍子抜けしてしまう。新緑は目にまぶしいいし、花は咲き乱れているし、冬の間たっぷりと眠っていた植物達が、大きな声で「おはよう！」と言っているみたいだ。

よく考えたら、今まで冬のパリしか来たことがなかった。初めて姉と来た時は、それはそれは感激して、かなりパリにかぶれた。でも、回を重ねるごとに、汚い面も目に入るようになって、ここ10年ほどは、パリから遠ざかっていた。バンクーバーとかベルリンとかメルボルンとか、他に好きな街がたくさんできた。

もはや、闇雲に何でもすてきに見えることはなくなったけれど、だから今回は逆に冷静に、パリの良さが見える気がする。観光地のどまん中ではない、パリの外れにいるからかもしれない。落ち着いていて、穏やかな時間を過ごしている。

アパートを借りているので、自分でマルシェに行って野菜を買って料理をしたり、パン屋さんを探して行ってみたり、どこにいても、あんまりふだんと変わらない。

朝はだいたい、パソコンに向かって仕事をしている。窓を開けていると、どこか屋根の上で修理をしているのだろう、男の人の鼻歌が響いてくる。いつも同じ歌を歌っているんだけど、それがなんだかとってもいいなぁと思えるのだ。何気ないことだけれど、そういうことに、幸せを感じる。

あぁ、本当に風が気持ちいい。風にランクがあるとしたら、間違いなく、今パリに吹いている風は、三つ星だ。私だけこの風を感じるのが申し訳なくて、風を箱に閉じ込めて、宅配便で送れたらいいのに、なんて思ってしまう。

東北で、また大きな地震があったとのこと。

どうかもうこれ以上、不安が広がりませんよう。パリからも、お祈りしています。

一か月

4月11日

あれから、今日で一か月。改めて、犠牲になられた方々のご冥福《めいふく》を、心よりお祈り申し上げます。

フランスでも、チャリティーの食事会とかが、さかんに行われたらしい。世界中の人達が、今、日本や東北に温かい気持ちを送ってくれているのを感じる。

ただ、今まで日本から送られていた食材などが日本に戻されてしまって使えないのだと、こちらでレストランをやっている日本人シェフの方が嘆かれていた。日本からの荷物、というだけで、NGになってしまっているという。安全に気を配るのは当然だけど、でも必要以上に過剰になると、窮屈になる。

今も部屋の窓から見えている中庭の大きな木に、日に日に、緑の葉っぱが増えていく。日ごとというより、時間を追うごとに、若葉が芽吹いてくるのを感じる。日本も、だいぶ暖かくなってきたみたい。

週末、セーヌ川を遊覧するバトーパリジャンに乗ったら、川岸に人がびっしりといて驚いた。何かのイベントかと思ったら、そうではなく、とにかくみんな、川のそばに集まって和《なご》んでいるのだ。その光景は、日本のお花見にそっくりだった。ただ、こっちの人は、ワインを飲みながら楽しんでいるけど。

どこの人達も、春を心待ちにしている。

東北にも、暖かい春風が吹きますように。

メトロ人生

4月14日

パリでメトロに乗っていると、いろんな音が聞こえてくる。乗り換えの通路の一角で、バイオリンの人達が演奏していたり、走っている電車の中で、おじさんがアコーディオンを弾いてくれたり。ちゃんとオーディションに通った人達だと聞いたことがあるから、さすがの腕前で、そういうメトロミュージシャンに出会えると、私はいつも、ラッキーと思う。

でも、昨日の人は、かなり意外だった。車つきのガラガラに紐《ひも》でくくりつけているのは、スピーカー。何をするのだろうと思って様子をうかがっていたら、おもむろにスイッチを入れ、マイクを取り出して歌いはじめた。しかも、その歌というのが、パリのメトロの雰囲気には全く不釣り合いで……。

1曲目は、サビが、「マーヤホー、マーヤヘー、マーヤフー、マーヤホッホー」と、カタカナに置き換えると、こんなような感じになる有名な歌。

そして2曲目も、同じようにサビをカタカナにすると、「バーンバーンバン、バーンバーンバン……（もっと続く）」という、有名な歌。どっちも、郷ひろみさんが歌いそうな曲だ。それを、音の悪いステレオから大音量でカラオケを鳴らし、振付けつきのノリノリで歌うのだ。しかも、本当にオーディションに通ったのかな、と思うレベルの歌声で。

私のすぐ前だったので、目のやり場に困った。でも本人も、音の大きさには気を使っているのか、何度も手元のスイッチを押して音量を調節しているようだった。

2曲歌いあげ、コインを集めると、いくつか先の車両に移動して、また同じ曲を繰り返していた。近くの席の子どもが、「マーヤホー、マーヤへー」と真似《まね》して歌っていた。私も、すっかりそのサビの部分が頭から離れなくなって、心の中で一緒にくちずさんでいた。

すごいなぁ。こういう生き方もあるんだ。

他にも、二人組で歌いながら次々と服を脱いでいくという芸をする人達がいるらしく、その人達の時は、殺伐としたメトロが一瞬、和むのだそうだ。こっちにいるうちに、会えるといい。

この、自由さが、フランスだなぁと思う。もし日本の電車で同じことをしたら、きっとすぐに警察に通報される。振り幅が大きいというのは、とても開放的でいいことだ。心が疲れている時は、うんと救われる。

取材旅行

4月21日

あっという間の2週間だった。行った時はつんつるてんだった集合住宅の中庭の木が、帰る時には新緑の葉っぱできれいな衣装をまとっている。10年ぶりくらいのパリだったけど、今回、改めて好きになった気がする。根底にしっかりとある、人生を楽しもうとする態度とか、文化を大事にする心とかは、やっぱりいいなぁと思った。

私は、この10年で、ほぼ100パーセント、呼び名はマダムになっていた。以前は、マドモワゼルだったので、その分、ちゃんと年をとったということだ。

実は、現地に行ってから、ものすごーくものすごーくショックな出来事があった。頭をガーンと殴られたような衝撃的なことだったのだけど、それで落ち込んでいてもしょうがないし、きっとそれにも意味があるのだろうと納得した。

それで、日本では絶対にそんなことしたことがないけど、突撃取材を決行した。それが、見事大成功に終わり、ショックな出来事がほぼ帳消しになるくらいの収穫だった。何事も、あきらめてはいけない。

私の場合、新しい取材をする時に、頭の中で考えていた登場人物の背景やエピソードを自分が追体験することが、結構ある。今回もまた、その連続だった。こういう時に、なんとなく物語の神様に導かれているような気がする。

また新しい小説を書くことができる幸せを、パリにいる間に何度も何度も実感した。本当に、幸せだ。自分のできることをしっかりやって、たくさんの恩返しができるように、がんばらなくちゃ！

助産師さん

4月24日

パリに行っている間に、帯の言葉を書かせていただいた2冊の本が届いていた。1冊は、内田美智子さんの『いのちをいただく』（西日本新聞社）、もう1冊は、矢島床子さんの『フィーリング・バース』（自然食通信社）。どちらも、私が尊敬する助産師さんが書かれた。

内田先生とは去年の末にお会いし、矢島先生とは、昨日お会いした。

『つるかめ助産院』を書くにあたってお二人のご本と出会い、ご縁ができた。お二人とも、本当にパワフルで、すてきな方だ。

助産師さんというのは、何か大きな使命感のようなものを背負っていらっしゃるんだなぁ、と思う。そして、見えない何かと、必死に、でも笑顔でたたかっていらっしゃる。同じことはできないけれど、私も、同じ側に立ってそよ風を送りたい。

被災地では、段ボールの囲いの中で、お産が行われているそうだ。亡くなる命もあれば、生まれる命もある。

『つるかめ助産院』を書き上げるまでは、こんな閉塞感の漂う世の中に子どもが生まれることが、果たして幸せなのだろうかと、ずっと疑問だった。でも、書き終えて、そして実際に私の周りでもピカピカの新しい命が誕生するのを見るにつけ、命は、希望そのものなんだな、と思えるようになった。否応なしに、周りの空気を温かくし、みんなを笑顔にする。

ひとつひとつはささやかな希望でも、それが合わさって、大きな大きな希望になる。未来を想う、想像力につながる。助産師さんは、その希望を日々、その手で受け止める尊い方達だ。命が生まれる過程には、苦しさや怒り、悲しみも紛れている。そのことを一番よくご存知だからこそ、太陽のような心で、新しい命に向き合うことができるのだろう。

安房直子さん

4月28日

私が初めて読んだ本の作者は、安房《あわ》直子さんだ。『だんまりうさぎ』という童話で、小学1年生の夏休みの課題図書だった。

そして、夏休み明けに読書感想文を書いて提出したら、それが学年の代表に選ばれて、みんなの給食の時間に構内放送のラジオで読むことになった。ものすごく緊張したのを覚えている。

以来、私は読書感想文を書くのが、毎年毎年楽しみだった。人に言うとかなり驚かれてしまうのだけれど、やっぱり書くのが好きだったのかな？　今は、本の書評とか、本当に難しくて書けないけれど。

多分、小学1年生から中学3年生まで、読書感想文では毎年何らかの賞をいただいていた気がする。今から思うと、かなりこまっしゃくれていて、かわいげがない文章だったと思うけど、その頃は、唯一ほめられるのが書くことだったから、きっと得意になっていたんだろう。

話がちょっと逸《そ》れてしまったけど、その、私が最初に手にした本の作者である安房直子さんの童話集が、最近、再版されているのだ。その中の1冊、『遠い野ばらの村』（偕成社文庫）に、私が解説を書かせていただいた。

『だんまりうさぎ』というタイトルは、しっかり頭に記憶されていたけど、作者である安房直子さんのお名前は、正直なところ、全く、覚えていなかった。けれど今回、このお仕事をいただいて、また『だんまりうさぎ』を読み返したりして、きっと無意識のうちに影響を受けていたのかも、と思えることが、たくさんあった。きっと安房さんは、幼い私の心に、物語の種をたくさん植えてくださったのだと思う。

『遠い野ばらの村』に「だんまりうさぎ」は収録されていないけれど、安房さんの他の作品にも食べ物のことがたくさん出てくるし、動物も数多く登場する。現実と非現実の世界を、違和感なく行ったり来たりする。死の香りがほのかに漂うのも、特徴的だ。

最初にゲラをいただいた時、安房さんにお会いしたいなぁ、と思った。でも、実際の安房さんには、もう会えない。安房さんは私より30年早く生まれた作家で、50歳の時に亡くなっている。『遠い野ばらの村』に収められた作品は、どれも、今の私とちょうど同じくらいの時に安房さんが書かれたものだ。

私と安房さん、お会いしたこともないのに、何か強い糸で結ばれている。安房さんの作品を人生ではじめて読んだ小さな子が、大人になって物語を書く人になり、安房さんの作品集の解説を書いたと知ったら、安房さんはどんなふうに思うのだろう。

天国の安房さんが、喜んでくれますように。

柳宗悦さん

5月2日

震災の10日ほど前、東北に行ったのは、柳宗悦《やなぎむねよし》さんの足跡を辿るため。盛岡を中心として、北東北には、すぐれた手仕事が、まだまだたくさん残されている。

柳宗悦さんは、「民藝」という新しい美意識を確立した方だ。今でこそ、ふつうに「民藝」という言葉が浸透しているけれど、柳さんらが運動を起こすまでは、こういう世界の物には、価値が置かれていなかった。そういう意味では、「スローフード」とも似たような歴史がある。何事も、これまでの価値観をくつがえして新しい考え方を樹立するパイオニアになるというのは、とてもとても大変なことだ。

柳さんの何がすごいのかというと、第一に、目利きを通さない、自分の目だけを信じて、全く身分の違う農民達の暮らしにまで入り込んだこと。そして第二に、そこにある物を、「美しい」と声をあげたこと。

それは、ものすごく勇気のいることだったと思うし、交通網の整った現代と違い、当時は、本当に体力的にもたいへんなことだったのだろうと思う。でも、そういう柳さんの努力があったからこそ、今でも私達は、日本に古くから伝えられてきた素朴で美しい生活道具を、手にすることができる。柳さんは、美しい物を作り出す農民の人達を、心から愛し、尊敬していたそうだ。

震災の影響で、これまで代々手から手へと伝えられてきたこういう仕事が、なくなってしまわないことを祈るばかりだ。私も含め、東北人には、言い知れない後ろめたさのようなものがある。いつも心のどこかに雲がかかっているというか。それは、近代化に遅れた、という恥ずかしさみたいなものかもしれない。けれど、だからこそ、生活のために自ら生み出す手仕事が発達した。冬の間の重たい雪雲が、人々を家の中に閉じ込め、大きなエネルギーとして蓄積されたのだと思う。

震災の前からぼんやり思っていたけれど、私にはひとつ、具体的な夢がある。それは、冷蔵庫のない暮らしをすること。掃除機も洗濯機も、できればいらない。でも、冷蔵庫は絶対に置きたくない。それが成り立つような暮らしが、いつか、できたらいいなぁと思っている。その時は、柳さんが見出してくださったような温もりのある物に囲まれて暮らしたい。

私の書いた岩手ルポが掲載されているのは、『別冊　太陽の地図帖　柳宗悦　民藝の旅』

です。

私も、もう何年もお湯を沸かす時は鉄瓶を使っている。鉄瓶は滅多なことでは壊れないし、最後使えなくなったら、また土に戻すことができる。ものすごーいエコ商品だ。

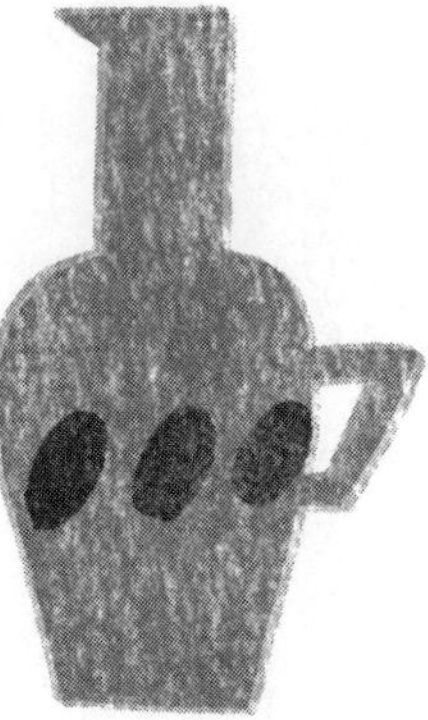

進歩的な

5月9日

いいゴールデンウィークだったと思う。うちの周りは、お正月の時と同じくらい静かだった。

電車は、照明を落として走っている。駅も、なんとなく薄暗い。でも、今までが異様に明るすぎたのではないかと思う。知らず知らずのうちに、電気をたれ流して使っていたのだということが、よくわかる。慣れれば、今くらいの方がちょうどいい。

いらないものは、いらない。以前からそう思ってきたけど、こうなってくると、ますますその思いを強くする。町には、コンビニがあふれかえっている。その上、点々と連なる、自動販売機。24時間営業のスーパーマーケット。本当に、必要なのだろうか。これらがないと、生きていけないのだろうか。

3月11日は、ほとんどの人が予定をキャンセルして家に帰ったと思う。私も、当日も、そしてそれから先の打ち合わせなども、ほとんどキャンセルした。あんな状況でも絶対にやらなくちゃいけないことなんて、本当はないんじゃないかなぁ。

今日の新聞に、節電対策メニューというのが載っていた。ほとんど、今までも実践してきた内容だけど、これをみんながやれば、かなり強力になる。中でも、クーラーにかかる電力が大きいので、これを扇風機に変えるだけで、かなりの節電になるそうだ。うちも扇風機を使っているけど、かなり涼しい。あと、暑い時のオススメは、水風呂だ。かつての日本人の暮らしに、たくさんのヒントがありそうだ。男性には、ステテコもいいらしい。

一方で、新しい技術も進んでいる。窓に特殊なシートを貼ることで室内の気温上昇をおさえたり、屋根に特別な塗料を塗ることでも、そういう効果があるそうだ。自然エネルギーの開発だって、かなり進んでいる。本当は、こんなことになる前に、もっと早くからやらなくてはいけなかったのに。でも今からでも遅くはないから、そういうことの、先進国になればいいと思う。

先日お邪魔した『フィーリング・バース』の出版記念パーティで、どなたかが、3・11の地震のことを、「地球の陣痛」と表現されていた。確かに。何かが生まれる時は、ものすごい痛みを伴う。だから、こんなに悲しくて辛いことがあった分、何かいいものを生み出していかなくちゃ、と思う。

今まで、もっともっとと、欲張ってきたけれど、これからは、前を向きながらも、みんなが1歩、2歩と、後ろに進んでいく。進歩的な後戻りが必要なんじゃないかなぁ、と思っている。

そうすれば、もっと心に余裕が生まれて、みんなが生きやすくなると思うんだけど。

酒かす

5月14日

朝、久しぶりにヨガへ。窓を開け放ってヨガをするのが、気持ちいい季節になった。

今日はお一人、お子さん連れの方がいらした。赤いワンピースを着た、おてんばそうな女の子。4歳か5歳くらいだと思う。最初は、ヨガをやっている場所の横にあるテラスで一人遊んでいたのだけど、気になるのか、すぐにお母さんの方にやって来た。

ふと見ると、お母さん、背中に彼女をおんぶしたまま、それでもヨガをやっている。さらに、女の子はお母さんの体をジャングルジムのようにして遊んでおり、お母さんがポーズをとると、その太ももにぶら下がったり、腰にしがみついたり。それでも、お母さんはなんとかヨガを続けていた。

すごいなぁ。子育てって、それくらいパワフルじゃなくちゃ、できないんだろうなぁ。

朝から、とてもかわいい時間だった。

ところで今、私のマイブームは酒かすだ。先月、無農薬で化学肥料も使わなかったという、本当にピュアなお米からできた酒かすをいただいたのがきっかけである。お酒から縁遠くなった私には、日本酒よりむしろ酒かすの方がありがたい。

酒かすは、あらかじめ水でのばしておくと、使いやすい。味噌《みそ》と合わせてお肉を漬け込んだり、うちは、お味噌汁にもちょこっと入れる。白和《しらあ》えに混ぜてもおいしかった。毎晩食べている自家製ヨーグルトとも相性がいい。

おいしくて、しかも、ものすご一く体にいいんだから、最高だ。でも、一番のお気に入りは甘酒ミルク。甘酒の要領で作り、水の半分程度をミルクにする。はちみつで味つけし、隠し味に塩を少々。寒い時は、生姜《しょうが》のすりおろしなんかを加えると、体がぽかぽかと温かくなる。

実は今も、ちびちび、飲んでいる。アルコールにすっかり弱くなってしまったので、すぐに眠くなってしまうのだけど。

緑の精

5月31日

久しぶりに、取材で外へ。ずっと、内にこもって、物語の世界に潜り込んでいた。なんだか、深い海の底から水面に顔を出したみたいな不思議な気分だ。

時間が空いたので、明治神宮を散策した。何度行っても、そのたびに心が洗われる。新緑が、天然の日傘になって、歩けば歩くほど、肺の中が新鮮な空気でいっぱいに満たされる。

この地に育つ木々は、幸せ者だと思う。大都会なのに、自由に枝葉を茂らすことができる。交通量の多い道路沿いの街路樹と較べると、ずっと恵まれている。水と空気は、本当に大事だ。

でも、明治神宮では、ゴロンできそうな場所があんまりない。それだけが、ちょっと残念。

失恋

6月7日

以前から翻訳をさせていただいている、クロード・K・デュボアさんの絵本の第3弾、『さようなら、わたしの恋』。

今回は、大人の主人公で、テーマは「失恋」だ。

訳をしながら、失恋の特効薬なんて、やっぱりないんだよなぁ、と思った。ただただじっとして、泣いて泣いて、たくさん泣いて、でもそうすると、きっと何か見えてくる世界があるのかもしれない。

その時は本当に辛いけれど、そこから人の優しさに気づいたり、自分の傲慢《ごうまん》さに気づかされたり。

主人公のローズが、少しずつ少しずつ心も体も軽くなっていって、最後の台詞《せりふ》に行き着く過程が、とても好きだった。

これで、クロードさんの作品は、『ふたりの箱』、『わたし、ぜんぜんかわいくない』、『さようなら、わたしの恋』と、全部で3冊関わらせていただいたことになる。どれも、何気ないんだけど、じわっと胸に響く。

ぜひぜひ、お手に取ってごらんください。

今日は、サッカーの試合がある。ワールドカップで盛り上がっていたのは、ちょうど1年前くらいだったと思う。あれは本当にすごかった！　今日の試合、勝てますように。

これから、サッカー弁当でも作りますか。

ガタンゴトン

6月12日

ただ今、四国の高松にいる。昨日の夜、東京を発ち、今朝早く着いた。寝台特急に乗って、はるばる陸路でやって来た。

モンゴルではシベリア鉄道で寝台車に乗ったことがあるけれど、日本で寝台車に乗るのははじめてだ。乗り込む時、ワクワクした。他の乗客も、かなり浮かれている様子だった。出発前、いろんなところで写真撮影。

ほとんどが個室になっており、私もひとり用の個室を予約。最初は狭く感じて(日焼けサロンみたいだった)、閉所恐怖症になりそうで心配だったけれど、慣れると大丈夫だった。寝巻もついていて、さっそく着替え、出発進行!

こっちはすっかり寝巻に着替えているというのに、となりの線路を走る車両の人たちは、当然、スーツだったりして、ちょっと不思議。新幹線のレールとは違うから、やっぱりガタンゴトンの振動はある。でも、全然眠れないかと言われると、そんなこともなかった。眠りは浅いけれど、まぁまぁ眠れる。新幹線で座ったまま移動するより、時間はかかるけど、私にはこっちの方が楽かもしれない。

深夜は駅に到着する際のアナウンスもないので、途中で下車する人は、目ざまし時計をセットして、自分で駅を確かめて降りる。

本当は、寝転がったまま星を見たかったのだけど、残念ながら昨日はずっと曇り空。気がついたら、もう空が明るくなっていた。岡山まで一緒に走ってきた列車は、そこから高松と出雲に分かれる。

瀬戸大橋を走っていると、あぁ、四国に来たんだなぁと、実感した。朝の海は、それはそれは穏やかで優しげだった。

今日は一日中、雨。こっちに4泊して、取材をしたり、うどんを食べたり。

明日は、船に乗って小さい島に行ってくる。

1368段

6月14日

せっかく四国にいるんだからと思い立ち、「人生に一度は」シリーズ第3弾で、金毘羅《こんぴら》さんへ。ちなみに、第1弾は富士山、第2弾はアラスカのオーロラである。

昨日夜ご飯を食べに行った和食屋さんのご主人にも、船でとなりの席になった女の人からも、高松在住の知り合いからも、すごいすごいと聞かされていた。何がすごいって、階段の数が半端じゃないらしいのだ。金毘羅さんに行こうと思っていると話したら、あからさまに「なんで？　何しに？」と首をかしげる人もいた。

どうしようかかなり迷ったのだけど、やっぱりせっかくだから行くことに。この機会を逃したら、一生ご縁がないような気がしたので。

ふもとで竹の杖《つえ》を借り、いざ出発。確かに、すごい。上っても上っても、階段が続いている。途中でめげそうになる。

でも、こういう時こそ富士山の経験を思い出し、遠くを見上げず、次の一歩だけを考える。そしたら、また次の一歩。そうやって、1段ずつ確実に上がって行く。

そんなことをしていたら、本宮に着いちゃった。すごい大変だと、あらかじめ聞かされていたから、覚悟ができていたのかもしれない。ほとんどの人は、ここまで上がったら、お参りをして引き返すらしい。

だけど私は、むくむくと「もっと上りたい」衝動にかられ、奥の院の方へと突き進んだ。人もほとんどいなくなって、木々が鬱蒼と茂る山の中の階段。実は、それまで頭がずきずきと痛かった。でも、奥の院に入ると、その痛いのがすーっとなくなったから、不思議。

そして無事、奥の院まで辿り着く。本宮から、更に583段で、合計1368段を見事上り切った。すがすがしい気持ちでいっぱい。

金毘羅さんには、資生堂パーラーがあって、もちろん帰りに寄ってきた。ご褒美《ほうび》に、パフェをいただく。至福。本宮までしか行かなかったら、やっぱりきっと後悔していたと思う。だから、がんばって、よかったな。

なんでも願い事を叶《かな》えてくれるという金毘羅さん。どうかご利益がありますように。

おっちゃん

6月15日

ちいさな島にある美術館に行こうと船に乗っていたら、後ろの席に座っていたおっちゃんに話しかけられた。

「お姉ちゃん、旅行？」「はい」「どこに行くん？」「豊島美術館です」「なーんにも、ないよ。絵も、1枚もないけど、ええの？」「はい、大丈夫です」

とまぁ、こんな感じ。おっちゃんは、頸椎《けいつい》のヘルニアで、去年高松の病院で手術をしたという。その病院に診察に行った帰りだった。島生まれ、島育ちの、漁師さん。とても気さくで、いろんなことを教えてくれる。

「うち、美術館のそばだから、見終わったら寄っててってー。そうめん、茹《ゆ》でたげるから」

「最終の船に乗り遅れたらな、うち、泊まってってええわ。そういう人、ぎょうさんおるねん。今も、福島から逃げてきた人、ふたり来ておる」

こんなふうにおっちゃんは本当に親切で、船から下りた後も、レンタサイクルの乗り場まで連れて行ってくれた。結局、そうめんはご馳走《ちそう》にならなかったけど、すごく印象深いおっちゃんだった。

目的の豊島美術館は、とっても素晴らしかった。ほんと、おっちゃんが言っていた通り、何にもないと言えば、何にもない。でも、すべてある、と言えば、すべてある。

地面に盛り上がる水のしずくみたいに、ぺったりとしたドーム型の巨大な建物。中に入ると、2か所、天井に大きな丸い穴がくり抜いてある。そこから、山の木々が見え、空が見える。風が吹くと、さわさわと木の葉が触れ合う音がして、音楽になる。鳥が、独特の美声でソロを歌う。

曇りの日には曇りの日の、雨の日には雨の日の、晴れの日には晴れの日の、それぞれ違った表情がある。一瞬として、同じ表情はなく、自然こそが偉大なる芸術家なのだということを、ものすごい説得力で無言のうちに教えてくれる。そんな場所だ。

「なんにもないけどな、ええ所だよ」おっちゃんの言っていた通りだ。

旅は、こういう出会いが面白い。おっちゃんが茹でてくれるそうめん、食べたかった気もするけど。また今度来た時に会いに行こうかな。それまで、どうかお元気で。

猫にタコ？　6月17日

高松で出会ってしまった、かわいこちゃん。猫の頭に、帽子みたいにタコがからみついている土人形。その名も、「猫にタコ」。私はこういう、かわいくてちょっと変なものが、大好きだ。

高松とは関係なく、これは、私の故郷、山形の米沢に伝わる相良人形。なんでも、上杉鷹《よう》山《ざん》が、地域振興策のひとつとして、相良清左衛門《せいざえもん》に土人形作りを命じたのが始まりとか。以来相良家では、同じ土、同じ製法、同じデザインで、代々ずっと作り続けてきた。でも、6代目の時に、戦争で一時中断してしまう。それをまた、現在の7代目、相良隆さんが復活させ、制作を続けておられるのだ。

見れば見るほどに、親しみが湧《わ》いてくる。これも、200年前のデザインなのかなぁ。だとしたら、ものすごーく斬新だ。パンクだ。仕事をするパソコンの脇《わき》に置いておけば、ちょっと執筆に行き詰まった時も、この子に癒され、ふっと別の道が拓《ひら》けるかもしれない。

あぁ、ほんとにかわいい。

横から見ても、後ろから見ても、チャーミング。いつか、7代目、相良隆さんにお会いし、他にもたくさんある、いろんな相良人形を見てみたい。

空2パンチ

6月19日

今年の、ペンギンへのお誕生日プレゼントは、荒木経惟《のぶよし》さんの写真集、『遺作　空2』。前立腺癌《がん》と向き合いながら、日記のようにして作られた、一冊の写真集だ。

自分の絵に、文字を書いたり、色をつけたり、絵を描いたり、丸ごと一冊がエネルギーのかたまりのような本。

うちに届いたのは、1000部限定のうちの、118冊目。世の中に1000冊しか存在しないと思うと、かなりうれしくなる。アラーキー大好きの私。一応、ペンギンへのプレゼントではあるけれど。

プレゼントといえば、高松から帰ったら、カメラマンのキッチンミノル君から、贈り物が届いていた。黒くて丸いものが、瓶にたくさん入っている。大きさは、カタツムリの卵くらい。

お手紙に、「これを食べた時、糸さんのことを思いだした」と書いてある。

チョコレート？　と思って口に入れたら、ぐわん、一瞬にして目が覚めた。辛い。舌がヒリヒリする。

何じゃこりゃ？　ちゃんと見ると、生のコショウの塩漬けとある。この味が、私を連想させるのか……。チョコじゃなかった。

でも、いろいろ工夫すると、使えそう。まずは、即興でわが家の茄子《なす》のぬか漬けに、一粒のせて食べてみた。なかなかいい感じ。もっと細かくして、炒《いた》め物に入れたりしても、アクセントになりそうだ。

パッケージも、なかなか強烈。パンチが、効いている。

コンセントを抜いて　6月22日

東京は、夏の匂《にお》いのする青空だ。気温もぐんぐん上がっていて、外は確実に30度を超えている。

今年初の、扇風機を出した。もともとクーラーが苦手だからどんなに暑くても使っていなかったのだけど、先日、ふと思い立ち、コンセントを抜くのではなくて、エアコン用のブレーカーごと電源を落とした。ペンギンに渋い顔をされながらも、家中のコンセントを抜いて回っている私。

気がつけば、電気がなくては成り立たない暮らしになっていた。まるで、体のどこかにコンセントを差し込まないと、生きられないみたい。だけど、それがいかに不自然か、そろそろ気づかなくちゃいけない。

先日、福島で自殺した酪農家のご家族の方がおっしゃっていた言葉が忘れられない。

「原発さえなければ、私達は平和に暮らせたのに」

この言葉を、重く受け止めなくてはいけないなぁ、と思う。扇風機を回してくれている電気も、誰かの犠牲の上に成り立っている。こういう時、「ひとごと」ととるか、「もしかしたら自分だったかもしれない」ととるかで、考え方は大きく違ってくる。

電気がない暮らしには戻れない、ということをよく聞くけれど、私はそうかなぁ、と疑問に思っている。去年行ったモンゴルでは、ふつうに、電気がなかった。夜間、ゲルの中を灯《とも》すのは、ほんの小さな小さな明かり。昼間、太陽光で作った電気だ。少ししかないから、ものすごく貴重で、本当に必要な時だけ、電気をつけていた。

かろうじて電気が通っているところでも、嵐が来ると、すぐに停電した。当然、夜は真っ暗。でも、ないならないで、結構慣れる。だから、電気のある生活にすぐに慣れたように、ない生活にも、順応できるものなんじゃないかなぁ、と思うんだけど。

それに、自然エネルギーに移行したら電気料金が上がるという見方もあるけれど、まだまだ工夫はできるはずだし、その分節電すればいいと思う。極端な話、ものすごーく電気が高くなったら、もっとみんな、必死になって節電に励むと思う。湯水のごとく使い放題に使っているから問題なのであって、電気がものすごーく貴重なのだ、という意識に変えれば、行動も違ってくるんじゃないかしら?

この間ペンギンが、いいアイディアを思いついた。たぶん、企業はとっくに開発を進めていると思うんだけど。

それは、扇風機による自家発電。風車で発電できるのだから、微量ながら、扇風機でも発電できるんじゃないかと。それで、自分の電気で扇風機が回ったり、扇風機を回している間に携帯電話の充電ができたりしたら、いいんじゃないかと。

今日は、夏至。

夜になれば涼しい風が吹くだろうから、コンセントを抜いて、心静かに月の明かりを堪能《たんのう》しよう。

ルーさん　6月24日

涼しさを求めて、映画館へ。見たのは、『再会の食卓』。四十数年前、台湾と中国とで生き別れになってしまったひと組の男女。妻のおなかには、ふたりの赤ん坊がいた。その後その男女は、台湾と上海それぞれで、新しい家族を作り、生きていく。そのふたりが、また上海で再会するというお話だ。

妻の現在の夫はルーさんという。このルーさんが、とても優しい。妻の元夫を温かく歓迎する。

元夫がホテルに泊まると言えば、うちに泊まればいいと言い、普段は倹約家なのに、元夫に食べさせるため、高価なカニを4杯も自ら買ってくる。

元夫と妻は、四十数年という歳月を取り戻そうとするかのように、上海の街を一緒に歩く。手をつなぐようになり、かつてふたりで会っていた旅館に行ったり。そしてついに元夫は、台湾に戻って一緒に暮らそうと提案する。妻も、それに同意する。

ほんの1年一緒に過ごしただけの元夫と、数十年も連れ添った今の夫、ルーさん。でも、強制的に離れ離れになってしまったからこそ、強い想いが残るのだろう。ルーさんとの暮らしに情は感じているものの、元夫にはまだ「愛」があるという。

自分がこの妻の立場だったら、どうするだろう？

ルーさんは、一緒になりたいというふたりに、もう人生も長くないんだから、妻が幸せになればいい、というようなことを言う。そして、元夫となごやかにお酒を飲み、3人で食卓を囲む。結局最後にどうなったかは、書かないけど。

このルーさんが、なんだかペンギンに似てて切なくなった。いろんなことを、考えさせられる。

ロマ子、大移動

7月5日

今年の夏は、節電と取材を兼ねて、ベルリンへ。一昨年いちど仕事で行って、すっかり恋に落ちた町。期間限定だけど、なんちゃってベルリナーになってくる。

原子力のこと、環境のこと、ドイツから、今学ぶことは、たくさんありそうだ。おまけで、日本人のサッカー選手も、たくさんドイツリーグで活躍しているし。いろいろ、見て、感じてこようと思う。

私の人生の目標は、ロマ子になること。本物のロマ民族のような覚悟ある生き方は無理だけど、心は常にロマでいたい。

世界中どんなところででも生きていけるような、強さとしなやかさを身につけたい。モンゴルの遊牧民とか、ロマの人達とか、私のあこがれの生き方だ。

私の場合、日本でだって十分自由だとは思うけれど、外国に行くと、かなり気持ち的に解放される。よく、運転すると性格が変わる人がいるけれど、そんな感じかもしれない。こう、パーッと、心の窓が全開になる感じ。

日本がこんな大変な状況の時にいなくなるのは申し訳ないのだけど、私の場合、いてもお邪魔だし、今回は、可能な限りのあらゆるコンセントを抜きに抜いて、家を出る。

しっかり留守を守ってくれるよう、ぬか床にお願いしておいた。

まだ首もすわらないような生まれたての物語を背中におんぶして、両手にもいくつか宿題を抱え、いざ出発！

主食

7月9日

無事、ベルリンに着いて数日。さっそくホームシックになりかけて、お米を炊《た》いた。日本からはるばる運んできた貴重なお米だけど、仕方ない。出発前に行った和食屋さんのジャコと、築地で調達してきた昆布の佃煮《つくだに》を、宝石をいただくような気持ちで、ほんの少しだけかけて食べる。

近くのビオスーパーで見つけた味噌は、どうにも甘かった。粉末ダシとネギでお味噌汁を作ってみたけど、いくら味噌を入れても、ぼんやりとしたお味噌汁にしかならない。それでも、貴重。日本食のありがたさをしみじみ実感する。

それにしても、お味噌汁はやっぱり、お椀《わん》で飲んでこそだ。海外でお味噌汁を作るたび、今度こそお椀を持ってこようと思うのだけど、いざ荷物をまとめると、なかなかお椀を入れる余裕はない。仕方なくマグカップで飲むのだけど、なんだかなぁ。でも今回は、忘れずにお箸は持ってきた。スプーンとフォークで食べる日本食ほど、味気ないものはない。

午後、アパートの近くにおいしいパン屋さんがあるらしいので、ガラガラを持って行ってみる。とてもいいパン屋さんだった。思わず、その場で注文して食べてみたけど、少し硬めの黒い生地に、ドライフルーツやナッツ類がほどよく練り込まれていて、かなりおいしい。しっとりとした、スコーンのよう。

ここのパンさえあれば、パンが主食でもなんとかやっていけそうだ。

なにもかも

7月9日

ベルリンに暮らし始めて、数日。日本とのスケール感の違いに、少々戸惑っている。

まずは、なにもかもが、大きい。バスタブが大きい。洗濯物を干す台が大きい。

トイレの便座が高くて、座ると足が浮いてしまう。部屋の天井が高くて、戸棚には手が届かない。

レストランに入ると、ひと皿が驚くほど大量だ。日本でいうところの大皿料理のようなのが、1人前だという。

極めつきはカギで、家に入るにも、鍵を開けるだけでひと苦労。何度もトライしてやっと開けられた頃には、汗だくになっている。

アパートから外に出るための扉も、ものすっごく重たい。

1本でもへとへとになりそうなミネラルウォーターのボトルを、平然と6本まとめて持ち

歩いている人もいて、人種の違いをまざまざと実感する。

ドイツには、なよなよした男子っていないのかしら？　そういう人は、かなり生きづらいだろうなぁ。ドイツ人が、日本で最近よく見かける「女の子みたいな男の子」を見たら、さぞかし不思議がるだろう。

日本ではなかなかお目にかかれない、「ザ・ビールっ腹選手権」上位優勝間違いナシのようなすごいおなかの人も、よく見かける。

なにもかもが大きくて、重くて、広くて、高いのだ。

男の人はみんなポパイのようだし、女の人も鉄壁のようだ。

そんな、少しの隙もなさそうなドイツ女子チームと、今夜はサッカーの試合がある。多分、夜9時頃のキックオフ。体格で見たら、どうしたって日本の方が不利に思えるけど。

ひっそりと慎ましやかに、なでしこジャパンを応援しようっと。

でも、ドイツ人って、みんな怒っているように見えるけど、優しくて親切な人が多いみたいだ。ちなみに犬も、ドイツ顔。厳格そうで、どの子もとても頭がよさそうに見える。

カレーうどん in ベルリン

7月10日

昨日のなでしこジャパンの活躍は、素晴らしかった！ 対戦するドイツは、ホームでの開催で、3連覇のかかった大事な試合。日本はアウェーだし、体格的にはどう見ても劣るのに、終始落ち着いていて、体の小ささを逆にうまく使っていた。

ゼロ対ゼロで延長戦になって、うわぁ負けちゃうかも、とはらはらしていたけれど、数々のピンチを切り抜け、延長戦の後半に丸山選手がシュート。ボールを出したのが、その直前、相手選手に倒された澤《さわ》選手というのも、すばらしい。

シュートが決まった瞬間は、思わずペンギンとふたりでわーっと声を上げて喜んだ。本当にすごい。よくやった。きっと、被災地の人達にも大きなメッセージになったはず。

次は準決勝だ。試合地がベルリンだったら、飛んで応援に駆けつけるんだけど、どうやらフランクフルトでやるみたい。昨日カレーうどんを食べて勝てたから、またカレーうどんを食べて応援しなきゃ。自分の手になじむナイフを調達したら、だいぶ料理が作りやすくなってきた。

ところで、旅先にカレーのルーを持ってくると、かなり重宝する。

これは、去年の夏のモンゴルで学んだこと。日本から持ってきた椎茸でダシをとり、具は、玉ネギと、椎茸、豚肉、ネギ。本場、讃岐《さぬき》のうどんだったこともあり、予想以上の出来上がりだった。

貴重な日本食材を無駄にできないから、かなり慎重に作っている。材料がないなりに、工夫することもすごく大切。

夕暮れ時

7月11日

こちらは今、昼の時間がものすごく長い。着いた当初は、興奮していたこともあり、夜明けと共に目が覚めていた。そうすると、延々と明るい時間が続くことになる。昨日は、夜の10時でも、まだうっすら明るかった。

だんだん環境にも慣れて、朝も図々しく寝ていられるようにはなったけど、それでも夜が待ち遠しくなる。うまくリズムがつかめなくて、夜ご飯をどのタイミングで食べたらいいのかも、よくわからない。

戸惑いつつ数日を過ごしたのだけど、ふと、あることに気づいた。それは音。外がだんだん薄暗くなってくると、下の通りから楽器の音色が響いてくるのだ。

アパートの周辺にはレストランがたくさんあり、その前にストリートミュージシャンがやって来て、演奏してお金をもらっていく。トランペットの人、アコーディオンの人。その音色が、遠くに行ったり、また近づいたり。これが、私にとっては夕暮れの合図になっている。好きなのは、アコーディオンとタンバリンとピアニカという編成の、3人組。ベルリンは、ベルリンフィルの町。ミュージシャンの腕は、かなり高いという。

ようやく薄暗くなってきたベランダで、演奏を聞きながら歯を磨いたりしていると、向かい側のアパートからも、顔を出して演奏を聞く人がいる。あっちの窓にも、こっちの窓にも。この光景が、なんともいい感じを醸し出す。

演奏を聞き終えて暗くなると、もう寝る時間だ。こうして、一日が静かに終わり、また新しい一日が始まる。この繰り返しで毎日が穏やかに過ぎていく。

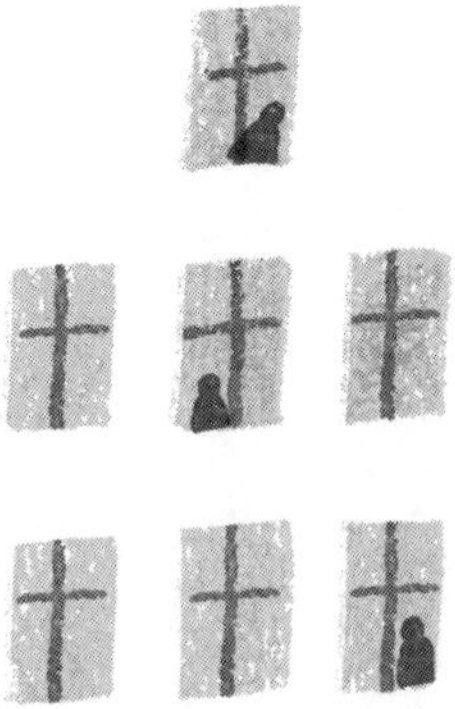

同性愛

7月14日

ベルリンは、同性愛者に対して、とてもオープンな町だ。カフェのテラス席で、男の人同士がチューチューしているのはよく見かけるし、さっきは昼間の公園でしっかりと抱き合っていた。

すでに1920年代にはゲイバーなども存在し、ヨーロッパ中の同性愛者の聖地だったという。けれど、第二次世界大戦に入ると同性愛の人達も迫害を受けるようになり、収容所などへ送られてしまった。そのことへの反省も含めて、ベルリンは、いろんなマイノリティーの人達に対して、とても寛大なのだと思う。

こっちのゲイの人達は、筋肉もりもりのマッチョな体型の人が多く、そういうカップルが、幸せそうにカフェでお茶していたりすると、なんともかわいらしく、微笑《ほほえ》ましい気持ちになる。同性愛者が受け入れられている町は、概してピースフルだ。暴力的な匂いがしない。

そんなベルリンの中でも、特に同性愛者が多数住む地区がある。そこに行くと、多様性を示す虹《にじ》色の旗があちこちに立っていて、レストランなんかも、ほとんどがゲイだったりする。そしてそこは、私もペンギンも、大好きなエリア。

どうしてかというと、ゲイの人達はとてもセンスがいいので、素敵なお店や、おいしいレストランが目白押しなのだ。お店にゲイのカップルがたくさんいれば、間違いなくおいしい証拠。

今日もお昼、そのエリアのオーストリア料理の店に行ってきた。

ここは前回の取材で連れて行っていただいたお店で、いつかペンギンも、と思っていた。案の定、ペンギンも大はしゃぎ。

内装もかわいいし、働いている人達もすごくよく気がついてくれて、味も繊細。自分達で花をつみに行って作ったという手作りのエルダーフラワージュースを飲んだけど、これもすごくロマンティックな味だった。

こんな素敵な場所が住んでいるアパートのとなりの地区だなんて、ラッキーだ。たぶん私達は、このエリアに一番足繁く通うことになると思う。

一昨日は、ゲイ博物館にも行ってきた。不思議な物や写真が、いっぱい。企画展は、なぜか女子サッカー。

そう、女子サッカーのワールドカップは、こちらでも大いに盛り上がっている。もうすぐキックオフだ。どうか勝って、決勝戦に進めますように！

住めば　7月16日

今暮らしている場所は、東京でいうと銀座のような場所。実は前回来た時、この地区だけは、ちょっと肌に合わないな、と感じた所だった。

かつては西ベルリンを誇る商業地区だった場所で、今もブランドショップが並び、いかにも、「ザ・西側」という趣きが漂っている。私のイメージするベルリンは、ちょっと影があって、薄暗いような場所だから、それからすると今いる場所は、あっけらかんとしすぎている。

本当は、旧東ベルリン地区のアパートがよかったのだけど、いろいろ探して、条件に合うのがここだったのだ。レストランも高級志向だし、いる人達もハイソ感にあふれ、来たばかりの頃はどうにも落ち着かなかった。

でも、1週間以上経ち、少しずつ慣れて、この辺もいいなぁ、と感じ始めている。確かに大通りは一大ショッピングエリアになっているけれど、1本通りを入るだけで急に静かになるし、例の同性愛地区にも歩いて行ける。

今日は、毎週土曜日に開かれるマーケットに行ってきた。新鮮な野菜や果物、お肉、ソーセージなどの加工食品をはじめ、パンやワインなど、たくさんの生産者がお店を出している。雰囲気がとってもチャーミングで、しかも驚くほど安い。食料品は、ここで調達することに決めた。

ベルリンは、ヨーロッパの主要都市の中で最も生活費がかからない町なのだそうだ。それでアーティスト達が集まってきて、独特な文化が作られている。カフェマキアートもだいたい2・5ユーロくらいで飲めるし、家賃だって、東京に較べたらびっくりするくらい安くていい所が借りられる。

ただ、すごく住みやすい分人気が出ているらしく、家賃をはじめ、物価全体が上がり気味なのだとか。前回私が来ていいなぁと思った東側の地区も、人気ゆえにどんどんチェーン店などができてしまい、独特の雰囲気は失われつつあるらしい。どこもここもピカピカなんて、ベルリンじゃない気がするけど……。

とにかく、住めば都で、今住んでいる地区にも、だんだんなじんできた。少し歩くと小さな湖もあるらしいので、早く、お気に入りのカフェを見つけて、散歩コースを確立させようと思う。

そして、明日は女子サッカーの決勝戦！　強豪アメリカを相手に、ますます声を大きくして応援しなきゃ。

明日は、サッカーバーに集まって、日本人の人達と共に声援を送る予定。

なでしこジャパンが、どうか優勝できますように！！！

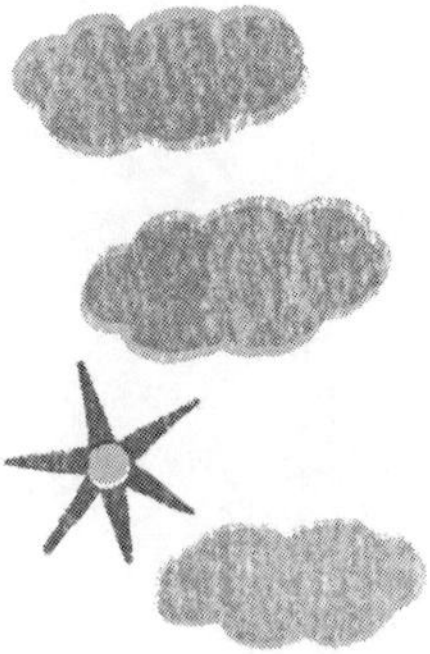

なでしこ魂

7月18日

今日のベルリンは、冷たい雨。午後8時45分のキックオフに合わせ、いそいそとサッカーバーへ。15分前についたら、すでに外にまで人があふれている。仕方なく、外から観戦。

前半は0-0で、後半に先制される。刻々と残り時間が少なくなる中、日本が見事ゴール！　追いついて、また延長戦になった。

そしてまた、アメリカ勢に1点取られる。今度こそ……、と不安の波が押し寄せる中、また澤選手が決めてくれた。追いついて、また追いついて、なんという精神力だろう。

最初は冷静に試合を観戦していたドイツの人達も、だんだん日本を応援してくれるようになって、本当に盛り上がった。

結局、2対2のまま、PK戦へ。

PK戦って、ほんと見ていられない。でも、絶対に勝てると思った。ここまでがんばったのだから勝たせてあげたいと思ったし、1点取られていても、ずっと負ける気がしなかったのだ。

結果は、優勝。

どう見ても日本の方が弱そうなのに、今まで一度も勝ったことのないアメリカを、ついに倒した。日本人にとっては、最高のギフトだ。きっと選手の皆さんは、何か大きなものを背負って、試合に挑んでいたのだと思う。ドイツに来てから、どんどん強くなっていく気がした。

今日は、歴史的な快挙の日。

だって、ワールドカップで日本が優勝したのだから。なんといっても、澤選手に大きな大きな拍手を送りたい。

いまだに夢を見ているようで、すでにこちらの時間でも夜中の1時近くを回っている。応援したらすっかりおなかがすいてしまって、今、ペンギンがラーメンを作ってくれているところ。

なでしこジャパン、優勝おめでとう。

そして、ありがとうございます。

甘いもの

7月19日

前回ベルリンに来た時、バウムクーヘンの夢が木端微塵《こっぱみじん》に砕かれた。浅はかにも、「ドイツ＝バウムクーヘン」と思い込み、勝手に妄想《もうそう》を膨らませていた私は、こちらの老舗《しにせ》のバウムクーヘンを一口食べた瞬間、絶望したのだった。どうやらその時に私、「子どもの頃、火葬場で食べたバウムクーヘンの味がする」と言ったらしい。その時お世話になったコーディネーターさんとお会いしたら、そんなことをおっしゃった。ごめんなさい。なんて失礼なことを言ってしまったかと、反省する。

それにしても、そうなのだ。バウムクーヘンは、日本で食べる方が断然おいしい。ドイツの人もそう言うらしいのだから、間違いない。日本人の、追求心というか、おいしいものをよりおいしく、日々努力を重ねて高みを目指す精神は、本当にすばらしいと思う。

そんなことがあったからか、ドイツでは、甘いものにすっかり目がいかない。

バウムクーヘンに限らず、本当に大味ですごいんだもの。量だって、半端じゃなく多いし、別腹どころか、それだけで1食とられてしまう。

だから、少しも食べたいと思わない。頭の中で、すっかり、甘いもののスイッチをオフにしてしまっている感じなのだ。これはこれで、体にとってはとてもいいこと。

きっと探せば、これは！　というケーキがあるのかもしれない。けれど、そこに至るまでの苦労を考えると、やっぱり最初から諦めてしまう。

こちらは果物がおいしいので、甘いものといえばもっぱら果物だ。今は、マーケットでブラックチェリーを見つけては、それをひたすら食べている。逆に日本には、おいしいお菓子がありすぎるのかもしれない。

でも、甘いもの以外は、本当においしい。ビールなんて、ふだんビールを飲まない私ですらすいすい飲めてしまうし、ソーセージやハムも、目から鱗《うろこ》のおいしさだ。ワインも、レベルが高い。ドイツワインは甘いというイメージが定着しているけれど、全然そんなことはない。ドイツ料理は、ビールとソーセージとじゃが芋のイメージが強いけれど、それだけじゃなくて、探せばおいしいものがたくさんあることがわかってきた。素材そのものの質がいいので、マーケットで野菜を買って自分で作れば、野菜不足になる心配もなく、健全な食生活を送ることができる。

Bancarella賞　7月20日

朝、メールを開いたら、うれしいお知らせが届いていた。

なんとなんと、『食堂かたつむり』のイタリア語版が、Bancarella《バンカレッラ》賞の料理セクションを受賞したとのこと。

この賞は「書籍販売者が候補作を推薦する」という特徴のある賞だそうで、イタリア版本屋大賞のような存在らしい。１９５2年から続いているというから、すごく歴史のある賞だ。

はるばる海を越えた異国の地で、そんなふうに評価していただけるとは、なんてうれしいことだろう。ジャンルーカ・コーチさんの訳が、よっぽどすばらしかったのだと思う。イタリアの出版社の方達も、喜んでくださっているといいな。

本当に、皆さんに感謝です。ありがとうございました！！！

自転車さん

7月24日

そんなにいろんなところに行ったことがあるわけでもないけれど、ベルリンは、私が知っている中では一番、自転車ロードが整備されている。車道、自転車道、歩道が完全に分かれているので、みんなにとって、安心だ。

東京の暮らしで何が怖いかというと、自転車と車。車のすぐ脇を歩行者が命がけで歩かなくちゃいけない場所が多々あるし、歩道を歩いているのに、自転車に飛ばされそうになったりする。歩行者を優先してくれる安全な場所はほとんどなく、自分の身は自分で守らないといけない。何か事故があった時、犠牲になるのは決まって歩行者だ。

自転車に乗る人達のマナーも徹底されていて、少なくとも日本のように、猛スピードで歩道を走ったり、イヤホンを耳にしたまま乗っている人、ましてやケータイをいじりながらの人は、見かけない。

電車にも自転車を乗せられるから、数駅だけ電車に乗ってまた自転車で移動したりするのも可能だし、店などの前には、必ず駐輪する場所が設けてある。

私も、少し慣れたら自転車に乗ってみたいけど。

こっちの自転車、どれも座高が高くて、足が届かなそうなんだもの。

太陽

7月25日

ベルリナーに限らず、ヨーロッパの人達は特に、日向《ひなた》が好きだ。お天気のいい日は、待ってましたとばかりに外に出て日光浴をするし、今、ベルリンは天気が悪くて寒いのだけれど、それでもコートを着込んで外で食事をしたりお茶を飲んでいたりする。

理由は、こっちで暮らしてみたらすぐにわかった。本当に、太陽が貴重なのだ。だって、天気が悪くなると、空が低くて、本当に暗くなる。この世の終わりのような、絶望的な気持ちになって、なんで私、生きているんだろう？　みたいなことを、ついつい考えてしまう。

夏でこうなのだから、冬はよっぽど大変だろう。聞くところによると、ベルリン鬱《うつ》というのが、あるとかないとか。

そんなわけで、私もベルリンに住んで数週間、その気持ちが痛いほどわかるようになった。

ちょっとでも陽が差すと、ベランダに出て本を読んだり、お茶を飲んだり。少しでも、太陽のそばにいたくなる。

去年ひと月過ごしたバンクーバーも、夏場は最高だけど冬はかなり辛いと言っていた。だとすると、東京のあの、ぴっかぴかの冬晴れは、すごいセールスポイントになるような……。でもその分、夏の暑さがひどいことになっているけれど。

異常気象なのか、ベルリンはもう、秋というか初冬の感じ。

太陽のありがたさが身にしみる、今日この頃です。

暮らしやすい

7月29日

ベルリンは、物価がかなり安いと思う。今の為替で特にそう感じるのかもしれないけれど、それにしても安い。

わかりやすい例をあげると、よくみんなが飲んでいるカフェマキアートが、だいたい2・5ユーロ。

カプチーノなんか、安いところだと、1・7ユーロとかだ。2杯飲んで、だいたい東京の1杯分。

マーケットで野菜をたくさん買って、このくらいの値段かな？　と予測すると、それの半分くらいのことが多い。今日食べに行ったランチは、ひとり5ユーロ。それで、前菜とパスタ2種類がついてきた。

家賃も、驚くほど安い。実は、今借りているところは、東京でふだん暮らしている部屋よ

りも広く、しかも天井も高い。東京だったら、同じ値段の家賃で、きっと広めのワンルームマンションくらいしか、借りられないと思う。

しかも、この値段には19％の消費税も入っている。生活に関わるもののお金がかからないので、とっても暮らしやすいのだ。ベルリナーにとって、お金をかけずにいかに楽しく過ごすかは、重大事。その知恵を、たくさん持っているように見える。

こっちの物価の感覚に慣れると、東京に戻ってから大変そうだ。だって、すでにもう、3ユーロ以上するカフェマキアートを、高いと感じてしまうのだから。東京って、どうして何にもしていないのに、あんなにお金がかかるのだろう。

ただ今さくらんぼのジャムを作っている。昨日、かわいい果物屋さんで、1キロ2・9ユーロで売っていた。喜び勇んで口に入れたらすっぱくて、一個一個種を取ってから、ジャムにすることにした。

お金をかけずに楽しく暮らす、これからはきっと、日本人にとっても大切な価値観になると思う。

ジャム、完成！　すべて適当に作ったけど、なかなかいい味になった。これで、ジャムはもう買わなくて済む。

カフェとこや　8月1日

せっかくベルリンに来ているのだから、こっちの美容室で髪を切ってみることにした。こちらでたまに見かける、カフェとサロンがいっしょになっているお店。看板にも、ハサミとケーキが並んで描いてある。

フランス人のご主人がカフェを営み、その横の区切られたスペースで、ブラジル人の奥さんカチャさんが、髪を切ってくれる。

カチャさんはとってもわかりやすい英語で話してくれるし、日本人の美容師さん以上に丁寧に切ってくれた。いつもだと、美容師さんとの会話に行き詰まってそわそわしてしまうのだけど、カチャさんとは楽しく話せた。

なんとカチャさん達、3月11日の地震の時、日本に行っていたそうだ。何が起こっているのかわからなくて、大変だったと言っていた。結局スケジュールを変えて帰国したらしいのだけど、日本人にすごく親切にしてもらったと有り難がっていた。はじめての日本への旅でそんなことになったのに、ぜひまた日本に行きたいとのこと。どうやら、日本で食べた「海ぶどう」がとってもおいしかったらしい。

母国語が英語の人と話すと一気にちんぷんかんぷんになってしまうけど、お互い第二外国語として話すと、わかりやすくて助かる。まるで、英会話レッスンを受けているようだった。

だんなさんが作るお菓子はまさにフランスの味だったし、カフェにもフランスの雰囲気が流れていて、なぜだか肩の力が緩んで、ホッとした。

それにしても、ベルリナーのカフェのインテリアは、すごくいい。肩の力がぐんっと抜けていて、がんばっておしゃれにした感じが、少しもない。日本だと、なかなかこうはいかずに、どうしても気負ってしまうし、統一感を持たせてしまう。

みんな、あるものを上手に組み合わせているし、本当になんでもあり、だ。そこが、すごく好き。部分部分で見ると「？」と感じても、全体を通すとバランスが取れていて、働いている人達も妙にラフだし、居心地がいい。友達の家に遊びに来ているみたいな気持ちになる。

ベルリンで、一番好きなカフェを見つけて帰ろう。

クラシック

8月6日

YOUNG EURO CLASSIC というポスターを見つけ、コンサートへ。場所は、コンツェルトハウス。とても優雅なコンサート会場で、開演前から大きなため息が出る。

演奏は、Orquestra Juvenil da Bahia で、はるばるブラジルからやってきたオーケストラだ。

みんな若い。若々しいエネルギーが、ぎゅっと音に集中している。前半はいわゆるクラシックっぽい曲目を演奏したのだけど、後半はいかにもブラジル的な曲を披露。それが、ものすっごく素晴らしかった。

身をかがめるようにして揺れながら演奏したかと思えば、くるっとチェロを回転させたり。メロディに合わせてウェーブを試みたり、最後なんか、後ろからミュージシャンが出てきて踊ったりして。とにかく明るくて、楽しく演奏していることが伝わってくる。

いわゆるクラシックでは使われないような、コンガやシェーカーといった楽器も使われていて、本当に席を立って踊り出したくなるようなリズムだった。こう書くと、なんだか彼らが奇をてらっているように感じてしまうかもしれないけれど、そんなことは全くなく、技術はものすごく高い。

クラシックがこんなに楽しいのだったら、これから何回でも見に行きたい。最後は、全員が立ち上がり、拍手喝采《かっさい》。なんて幸せなんだろう。素敵な演奏に立ち会うことができた。

しかも、実は私達が行ったのは、本番前のリハーサルなのだ。夜の本番チケットがソールドアウトで、でもどうしても見たかったからリハーサルを見に行ったのだ。値段もなんと、8・8ユーロ。リハーサルを低価格で見せてくれるというのは、とってもいいシステムだ。それでも、この熱気。本番は、どんなに盛り上がったことだろう。

会場を出ても、何やら去りがたい。まだまだ演奏を聞いていたい。そんな気持ちで外に出ると、人だかりができている。行ってみたら、メンバーが外の階段の所に勢揃いして盛り上がっている。彼らにとっても、きっとベルリンで公演するということは、とても意味のあることなのだろう。リハーサルであれだけ盛り上がって、ホッとしていたのかもしれない。

ここでもまた、ウェーブをしたり、管楽器の短い演奏をしたり。

クラシックというと堅苦しいイメージがあったのだけど、彼らに関してはまったくそんなことはなく、本当にアイデンティティのある、唯一無二の演奏だった。

あまりに感動して、まだ頭がぼんやりする。

サマーナイトオペラ

8月9日

ベルリナーは、芸術に対する間口が、とても広いと思う。ドイツ人というと、なんか真面《まじ》目《め》で堅いようなイメージがあるけれど、イタリア人やフランス人といったラテン系の人達とはまた違った態度で、芸術を深く愛している。アーティスト自体がたくさんいるし、お客さんも目や耳が肥えている。キャーキャー騒ぐことはないけれど、深く静かに、どっしりと芸術を受け入れ、感動するようなイメージだ。

昨日は、サマーナイトオペラに行ってきた。公園の一角にオペラができるような手作りの小屋を作って、オープンエアでオペラを見る。雨が降れば、コートを貸してくれるらしい。

正統派のオペラは敷居が高いけれど、私が見に行ったのはとてもカジュアルな公演。お客さんはワインやビールを飲みながら見ているし、ある一行は、家からお弁当を持ってきて、まるでお花見をするような感覚で楽しんでいた。それでも、オペラ歌手の歌声は本物で、空に突き抜けていく。空模様が心配だったのだけど、見事に晴れて、少しずつ暮れていく様がとてもロマンティックだった。

観客のひとりをステージに上げて巻き込んだり、知っている曲が流れるとお客さんも一緒に歌ったり。言葉はわからないけれど、わからないなりに男女関係のあれやこれやなんだろう、ということが伝わってきて、一緒に楽しめる。最後は、みんなでラララの大合唱。

昨日は、ちょうど千秋楽で、出演者にとっては特別の想いのこもった公演だったのだろう。鳴りやまない拍手を聞いて、みなさん笑顔が輝いていた。どんな分野でもそうだけど、人を楽しませたり喜ばせたりすることって、本当に大変なことなのだ。

18ユーロとお値段が手頃なこともあり、かわいらしい小さなお客さんもいっぱい来ていた。ほとんどステージと一体となった席で、嬉しそう。

その後、となりのボーデ博物館の前で行われる、フリーのピアノコンサートへ。まるで隅田川の花火大会のように、人がたくさん集まっていた。こういうふうに、ベルリンには、フリーとか低価格で芸術を楽しめるイベントがたくさんある。

折り返し地点を過ぎた今、私のベルリンラブ度は、最高潮に達している。ベルリンが、好き。ベルリンに暮らしている人達が、大好きだ。

お国柄

8月10日

去年の後半から、ヨーロッパに縁があり、イタリア、フランス、ドイツと、3か国を訪問した。

衣食住でいうと、イタリアは「衣」、フランスは「食」、そして今いるドイツは「住」を重んじる国のような気がする。ベルリンの町を歩いていても、すてきなインテリアショップがとても多いし、「暮らす」ということを、とても大切にしている。

高い天井、美しい中庭、近代的な水回り、こういう点はとても優れている。私が前回、JALの機内誌『スカイワード』で取材をさせていただいたジートルンクも、大衆向けに作られたとても快適な集合住宅だった。

今のアパートにも広い中庭があって、大きなマロニエの木が植えられている。

キッチンの窓からは、夕方になるとたっぷり西日が入って気持ちいい。

住んでみると、中庭があるおかげで、一日中部屋のどこかに太陽が入ることがよくわかった。気持ちよく暮らす工夫が、そこここにほどこされている。

食べ物に関して言えば、イタリアは、本当にイタリア料理ばっかりだった。郷土食を重んじるので、同じ地方のレストランなら、だいたいメニューも同じという感じ。とにかく、自分の故郷をこよなく愛し、イタリアの食べ物に誇りを持っている。

フランスは、イタリア料理を下に見ている感じで、フランスで食べたイタリア料理ほどまずいものはなかった。もちろん、おいしいお店もあるにはあるのだろうけど、「イタリア料理なんて、ふんっ」って感じが伝わってくる。

そしてここベルリンには、イタリア料理店がたくさんある。なんとなくの感覚なのでもしかしたら間違っているかもしれないけれど、ドイツは、イタリアに対してはかわいい弟分みたいな感じで、寛大に受け入れている気がする。けれど、フランスに対しては、大国同士のライバル心があるというか。ドイツ人とフランス人は真逆だけど、でも私はそれぞれどっちも好きだ。

こんなに近い国同士なのに、お国柄があって面白い。

ドイツ人

8月12日

知れば知るほど、ドイツ人ってすごいなぁと感心する。まず体でかなわないし、頭でもかなわない。

ドイツ人の気質をものがたる時に、よく、「質実剛健」という言葉が用いられる。確かにそうだなぁと感じる点がたくさんあるけれど、それと並んで、とても公平だな、と思う場面も多々ある。

私達旅行者に対しても、そうだ。へりくだって、「ようこそいらっしゃいました〜」というようなわざとらしい態度もないかわり、邪険にもしない。向こうからフレンドリーに声をかけられることはないけれど、困っていることをきちんと意思表示すれば助けてくれる。

最初に地下鉄に乗った時もそうだった。中年女性が必死に何か言ってくる。はじめは怒っているのかな、と思ったのだけど、どうやらその路線が工事中で乗り換えなくちゃいけないらしく、そのことを教えてくれているのだった。結局、一緒に乗り換えるホームまで導いてくれた。万事がそんな感じで、こちらがきちんと挨拶《あいさつ》をしたりすれば、フェアな対応をしてくれる。

ある一定のルールさえ守っていれば、地元民だろうが観光客だろうが、寛大に受け入れてくれる空気があるのだ。ルールを守った上での自由。だから私は、すごく好き。ただ自由だけだったら、単なるわがままになってしまう。

たとえばタバコに関しても、店の中は禁煙、外は喫煙オーケーと、きちんと法律で決まっている。吸いたい人は外の席に座るか外に出て吸えばいいし、私みたいな煙が嫌な人は、最初から中の席を選べばいい。嫌煙者にも喫煙者にも、共にフェアだ。

ほんの少しの滞在だったらラテン系のアッパーな感じも面白いけれど、私みたいな人には、ドイツというかベルリンの気風は本当に居心地がいい。

暮らしてみてわかったけど、ここベルリンの気候は、かなり過酷だ。去年行ったモンゴルと似たような感じで、今は、一日の中に四季がある。雨が降ると本当に鬱々とした気分になるし、たとえ晴れても、それが長く続かないとわかってくる。なかなか、浮かれた気持ちにはならない。

そして、様々な場面で、心の底から、自由だなぁと感じるけれど、それはひとりひとりが努力して作りだした自由だ。不自由な時代があったからこそ、自由の大切さを知り、守ろうと懸命なのだと思う。

今ではEUの大黒柱だし、これからもっともっといい国になっていくんだろうなぁという予感が、ぷんぷんする。日本と、同じような歴史を辿ったのに、何か違う。遠い場所から見ていると、なんだか日本は漂流しているように思えてならない。

ひとりひとり、というのが、キーワードかも。だから日本人も、ひとりひとりが、明確な意識で、復興に向かっていかないといけないと思う。そしてそれは、みんなが同じことをする、とか、そういう単純なことではない気がする。

ちなみに放射能のことに関して言えば、ドイツでは、日本以上にもっともっと深刻に受け止められ、報道されているようだ。

ただきれい好きと言われるドイツ人だけど、どうやらベルリンに限ってはそうではないらしい。アートの域に達している壁画みたいのもたくさん目にするけど、アートに至っていない落書きも目立つ。

あと、気になるのはタバコのポイ捨てだ。私は、ポイ捨てが本当に許せない！　この習慣がなくなれば、本当にきれいな町になるのに、残念だ。

壁

8月15日

ベルリンの壁が作られて、2011年でちょうど50年が経つという。1961年の8月12日から13日にかけての深夜、たった一晩のうちにぐるりと鉄条網が張られ、ベルリンは西と東に分断された。東側から西側へ、労働者が流れることを恐れたためだった。

それまでは、東の人が仕事や買い物のため西に行くことも可能だった。けれど、それすらも許されなくなった。西ベルリンは、ぐるりと壁に囲まれて、陸の孤島になってしまう。ベルリンにはまだ、至るところに、当時の壁が残されている。

今日は、ベルナウアー通りに行ってきた。壁と言っても、1枚の塀《へい》ではなく、東側に1枚、西側に1枚、その間に立ち入り禁止エリアが設けられている。東側の壁は2メートルちょっとで、工夫をすれば越えられそうに思えた。けれど実際にその壁を越えても、西側に行くには、鉄条網や対戦車障害物、見張り塔、車両通行止め、場所によっては番犬などもつながれていて、容易ではない。しかも、最後に越えなくてはいけない西側の壁は、高さが3・6メートルもあり、それはやっぱり、決して越えることのできない「壁」として立ちはだかっていたのだと思う。壁の建設からちょうど半世紀ということもあり、式典が行われたのか、壁の下にはたくさんの花輪が供えられていた。

たかが壁、されど壁。

この壁を越えようとして命を落とした人、命がけでこの壁を越えた人、壁に絶望して心を病んだ人。一部の人達によって作られた壁が、本当に大勢の人達の人生を変えた。ドキュメントセンターに行ってみると、1961年8月13日当日の写真や映像などが紹介されていた。

ベルナウアー通りは、アパートの中は東側で、前の通りは西側に位置する。アパートの窓から飛び降りて西に逃げようとする人がいて、それを地上で受け止める西側の機動隊がおり、さらにそれを見守る西側の民衆がいる。赤ん坊を胸に抱きかかえたまま、鉄条網を必死になってくぐりぬける人の姿もあった。

最初は、壁といっても胸くらいまでの高さしかなく、西側と東側で壁ごしに握手することも可能だったらしい。けれど結局壁は、どんどん高く、強固に補修され、人々を絶望の淵に追いやっていく。

東の人達はもちろんだけど、西の人達だって、ぐるりを壁に囲われて、窮屈だったに違いない。壁の下で、ただただ茫然《ぼうぜん》と空を見つめるしかなかったのだと思う。

そんな壁も、1989年11月9日、開かれた。平和的に、血が流れることもなく。本当にすばらしい出来事だった。

この近くには、「和解のチャペル」という円形の教会がある。壁の犠牲者を追悼《ついとう》するためだ。私も行って、1本、蠟燭《ろうそく》を灯してきた。

困難な歴史を経て、今に至るベルリン。

きっと壁が壊されてから、本当にひとりひとりが、努力したのだろう。東の人はもちろん、西の人もがんばった。そして、西と東のいいところがミックスされて、今のベルリンがある。

壁が壊されてから、今年で22年が経つ。新生ベルリンとして生まれ変わって、これからますます成熟して、いい大人になっていくのだと確信する。

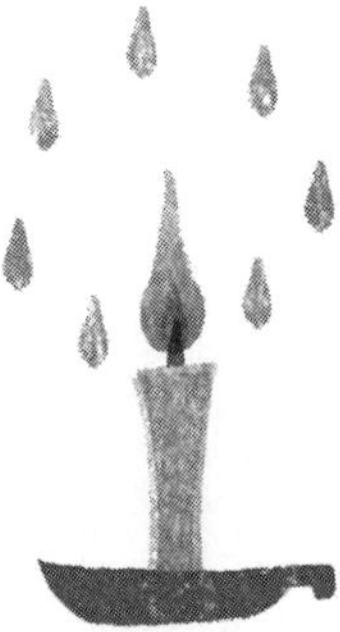

ベルリン的

8月17日

ベルリンには、ちょっと変というか、ひねくれているものが多い。奥が深いというか、一筋縄ではいかないというか。パリやロンドン、ローマみたいなわかりやすさはないけれど、その分、知ってしまうと得体の知れない面白さがある。好きな人はすごく好き、ひっかからない人には意味不明。

「変」のもとをたどると、組み合わせが斬新なのかもしれない。

たとえば、今日ふらっと入ってみた、スープとサラダのお店。人参のスープには、バナナが入っていた。他にも、レーズンやナッツが混ざっていて、ほんのりチリが効いている。人参のスープにバナナ、という発想は意表を突くけれど、食べてみると納得した。ベルリンに来なきゃ、出会わなかった味だ。

また、ルッコラのサラダには、皮つきのまま刻んだ桃が。ナッツも入っていたりして、スープ同様、新鮮な味。とってもおいしかった。

ちなみに、こちらでも健康志向なのか、若い人達は、こういう軽めの食事をよく食べている。気のせいかもしれないけれど、ベルリンにも、草食系の男子が増えているような。

ドイツ＝料理がちょっと、というのは偏見で、私はベルリンしか知らないけれど、ここには安くておいしい食べ物が、たくさんあってすごく楽しい。

他にも、町を歩いていて、ベルリンっぽいなぁ、と思った、不思議なオブジェがある。

壁から、いきなりにょっきりと伸びる象の鼻。でも、妙に合っているというか。私が思うベルリンって、何かにつけてこんな感じで、ひとひねりある。

カフェだって、どんどん道にテーブルとイスを広げちゃって、かなり自由だ。

ひとつひとつをよく見ると不揃いなのだけど、全体を俯瞰《ふかん》で見ると、妙にまとまってバランスがとれている。要するに、結果的によいものであれば、何でもありなのかもしれない。

ほんと、ベルリンには変なものがあふれている。

蜂

8月19日

ベルリンは、緑あふれる町。電車に乗っていると、まるで森の中を通っているような気持ちになる時があるし、高い所から市内を見回すと、本当に一面緑が広がっている。街路樹もたくさん植えられていて、視界のどこかには常に緑が入ってくる。それだけで、都市生活がうんと心地よいものになる。

町のどまんなかにティアガルデンという広大な公園が広がっていて、そこはまさに森。前回来た時、この公園が本当に気持ちよくて、一気にベルリンを好きになった。どの地区にもそれぞれ市民公園があり、ジョギングをしたりサイクリングをしたり、お散歩したり。お金を使わなくても、楽しく時間を過ごすことができる。

緑が豊かなせいか、蜂《はち》もたくさんいる。家でご飯を食べていると、すぐに蜂が飛んでくる。甘い物など食べようものなら、どんどん潜り込んで、食べている。

カフェなんかでも、蜂が方々からやってくる。砂糖入れに入り込んで、そのまま出られなくなったり。それを人が、そのまま使っていたり。菓子パンのショーケースの中に、ぶんぶん飛んでいたり。でも皆、それをことさら追い払ったりはしない。蜂と人が、適当な距離を保ちながら、仲良く暮らしている。

気のせいかもしれないけれど、ベルリンの蜂はいかにも弱々しくて、助けてあげたくなってしまう。ジュースに入ってはすぐに溺《おぼ》れているし、ひっくり返ってそのまま起き上がれなくなっているのもいる。その度に、スプーンで救出して、送りだすんだけど。思わず、がんばってね、と声をかけたくなるような頼りなさで、甘い物を、ちょっとおすそ分けしてあげたくなってしまうのだ。

蜂は環境のいい所にしか棲《す》めない生き物だから、ベルリンはそのくらい自然が豊かということだろうか。

こんなに蜂の多い町を、私は知らない。

日常　8月20日

土曜日は、青空マーケットの日。ここでだいたい、一週間分の野菜などを調達する。何度か足を運ぶうちに、どのお店にどんな物が置いてあるかも、だんだんわかってきた。あの陽気なおじさんのいる店は、トウモロコシがおいしい。白菜や蕪《かぶ》を買うなら、あそこの店。いいルッコラが手に入るのは、安いソラマメが売っているのは、などなど。何度も行くうちに顔も覚えてもらえるようになり、気軽にハーイと声をかけてくれる。とにかく、本当に素敵なマーケットなのだ。

今日は、途中でコーヒーを飲んでみた。

ペンギンはラテマキアート、私はカプチーノを頼み、近くのお菓子屋さんからケーキを買ってきて、ベンチに腰かけコーヒーブレイク。

このレモンタルトが、絶品だった。もっと早く気づいていればなぁ、と悔やみつつ、喜んで食べる。やっぱりどこからか蜂がやってきて、蜂もうれしそうに食べていた。ペンギンのお気に入りは、ここのカヌレ。

ソーセージ屋さん、パン屋さん、チーズ屋さん、魚屋さん、石鹸《せっけん》屋さん、服屋さん。ここに来れば、生活に必要な物が、ほとんど手に入る。

中でも、見ていると最も売れ行きがいいのは、花屋さんだ。お昼過ぎには、ほとんど売り切れている。男の人も女の人も、幸せそうに花を買っている。普段から花を飾る習慣があるというのは、すごくステキなことだと思う。

最後は、1ユーロの搾《しぼ》りたてオレンジジュースを飲んで、お買い物ツアー終了。土曜日のマーケットが、私にとっても生活の一部になりつつある。

だけど、寂しいことに、この青空マーケットにも、あと2回しか行けない。ベルリン滞在も、3週間を切ってしまった。このままずーっとこっちで暮らせそうなのに。だから、あと2回の週末は、ぜひとも晴れてほしいんだけど。

家に戻ってから、さっそく椎茸に日光浴をさせた。こちらでも、椎茸は、Siitake として売られている。日本でもなかなかお目にかかれないくらいの、立派な椎茸だ。蕪は、薄くスライスしてから塩もみして、甘酢に漬け、蕪漬けを作った。蕪もまた、きめが細やかで、ほんのり甘く、とても美味。葉っぱは、明日の朝飯のお味噌汁の具にしようと思う。

日曜日の過ごし方

8月22日

ヨーロッパはたいていそうなのだと思うけど、ここベルリンも、日曜日は、デパートもお店もほとんどが休みになる。だから日曜日は本当に静かな一日で、これは日本とかなり違う。基本的に、家でゆっくりする時間にあてられている。

お店は閉まっているけれど、日曜日になると開かれるのが蚤《のみ》の市だ。週末になると、ベルリンには、本当にたくさんの市が立つ。今日は、東ドイツ時代のものが多く出回るというアルコーナ広場の蚤の市に行ってきた。

こちらでは、「東」を意味する「オスト」と「ノスタルジー」をかけて、「オスタルジー」という言葉がある。東ドイツ時代に作られ、今はもう製造されなくなった生活雑貨などが、人気らしいのだ。なんとなく、わかる気がする。

みなさんそれぞれ店を広げ、いろんな物を売っていた。ベルリナーは、古い物を、本当にうまく組み合わせて上手に使っている。レストランやカフェなんか見ていても、単に新しい物を並べただけのようなキラキラした所は、あまり人気がないようだし。

ペンギンは、２ユーロで腕時計を買い、喜んでいた。電池さえ入れ換えれば、ちゃんと動くという。かなりお買い得だ。私は、昔の古い切手をゲット。手紙の封をする時に、シール代わりに使ってもかわいいかもしれない。

中にいるとあまり感じないけれど、日本の外から日本を見ると、日本は選択肢がとても多いのだなぁ、と実感する。日曜日の過ごし方にしてもそう。こっちだったら、蚤の市に行くとか、家族で公園に行く、とか、時間の過ごし方がだいたい限られてくる。でも、日本だといろんな過ごし方がある。

商店なんかの品揃えを見ても、日本がいかに物であふれているか、如実にわかる。選択肢がたくさんあることは素晴らしいことだけれど、その一方で、その選択肢の多さに振り回されて、疲弊してしまっているような印象を受ける。たくさん物を作って、でも無駄もたくさん生み出しているような。

電気にしても、そうかもしれない。私はもうこっちの暗さに慣れてこれが普通になってしまったのだけど、今回日本から来たお客さんは、夜の町の暗さに驚いていた。昼間のオフィスも、日本では考えられないくらい、照明を落としている。

家の中の照明も、基本的には間接照明だ。そうすると、夜はやっぱり薄暗くて、やれることが限られてくる。昼と同じ明るさを夜に求める方が、異様なのかもしれない。

平日と週末、昼と夜、めりはりがあるというのは、過ごしやすいことに気がついた。日本に戻ったら、応用してみようと思う。

オーケストラ　8月23日

蓋《ふた》をあけてみれば、クラシック三昧《ざんまい》だ。来るまでは、テクノに興味があるから深夜のクラブ巡りをしよう、なんて意気込んでいたペンギンも、クラシック音楽の魅力にすっかりとりつかれて、いまだ、クラブには足を運ばず。私も、クラシック音楽がこんなに楽しいなんて、こっちに来てはじめてわかった。

ブラジルに始まり、北欧、ロシア、コロンビア、フランスと、いろんな国からやって来たオーケストラの演奏を聞いた。

北欧のオーケストラは、ラフマニノフの曲をやったんだけど、最初に演奏した、現代のクラシックもすばらしかった。まるで、宇宙のビッグバーンを音で表現したかのような複雑な音色の組合わせ方で、こういう新しいクラシックがあるのだと、目を覚まされたようだった。本当に衝撃的だった。

折しも、ノルウェーでの悲しいテロがあった直後で、ベルリンに来ること自体、とてもためらわれたという。楽団のメンバー達と同世代の若者が、たくさん犠牲になり、演奏することに、みんなナーバスになっていた時期だった。けれど、彼らは勇気と希望を持って、ベルリンにやってきた。最後にアンコールで披露してくれた曲は、犠牲になった人達に捧《ささ》げるためのもの。その響きが、ずっと胸に残っている。

ロシアのオーケストラは、素人《しろうと》の私にもはっきりわかるほど、本当にレベルが高かった。不思議なもので、ステージに上がっている団員達の集中力と緊張感は、如実に観客へと伝わってくる。本当にすばらしい演奏の最中は、咳《せき》をする人が誰もいない。でも逆に、ちょっとでも音程が外れていたりすると、なんとなく見ている側の集中力も緩んで、咳をしたりする人が出てくる。

そういう意味で、ロシアのオーケストラが生み出す空気感は、見事だった。余計なことを考える余裕は少しもなく、ずっと音の世界に埋没することができた。

どのオーケストラが、誰の曲を演奏するか。その組合わせがぴたっとはまった時、確かに作曲家の魂がよみがえるのだと知ることができた。

一方、コロンビアの演奏は開放的だった。メンバーの中には、これから音楽を続けていく人も、もう音の世界から離れてしまう人も、いろいろだと思う。決して恵まれた環境で音楽に向き合えるわけではないだろうに、様々なものを背負って、それでも今は演奏しているのだという姿勢に、好感が持てた。最後は、何人かが国旗を体にかけたりして。ブラジルの時と同様、リズムに合わせて踊っていた。

　それぞれの音色はささやかなのに、それが合わさると大きな力になって、物語が生まれる。時に、絶望の淵に追いやられたような気持ちになり、時に太陽の日差しをたっぷりと浴びているような気持ちになり。オーケストラの醍醐味を、ぞんぶんに教わった。

　ヤングユーロクラシックの最終公演は、フランスからのオーケストラだった。２０１１年に誕生したばかりの現代の曲もすごい迫力だったけれど、次に演奏したストラヴィンスキーの「ペトルーシュカ」は、終わった後立ち上がれないくらいの感動だった。

　ひとりひとりが人生をかけて、音を奏でる。オーケストラの魔法に、すっかり魅了されている私。

　そして今夜は、ベルリン・フィルハーモニー管弦楽団の野外公演だ。どうやら、ずっと夏休み中だった彼らが、このコンサートを皮切りに活動を再開するらしい。場所は、ヴァルトビューネ野外音楽堂。どうか、雨が降りませんように！

こんな夜は

8月24日

ベルリンフィルの野外コンサートは、すごかった。少し早目に行ったつもりが、すでに人でいっぱい。森の中にあるような、すり鉢状の趣きのある会場で、みなさん、ビールやらワインやらを飲みながら、演奏が始まるのを待っている。ベルリンフィルは、この町の人達にとって、大きな誇りなのだろう。

8時を過ぎた頃、ステージに上がっていたオーケストラのメンバー達が、ウェーブを始める。そのウェーブが、客席をぐるっと回って、またウェーブ。みんなで5回くらいウェーブをやった。こんな始まり方をするクラシックコンサートは、はじめてだ。

いよいよ指揮者が壇上にやってきて演奏が始まると、すっかりベルリンフィルの魅力に圧倒された。技術が高く、ぶれがない。ひとりひとりの音が、どっしりと座っている。日頃の練習に裏付けされた、かっこたる自信、そして何よりも感じたのは、演奏することに対する大きな大きな歓《よろこ》びだった。音色の端々に、嬉しい気持ちが満ち溢れていた。

みんなが、それぞれの楽器で、声を大にして歌っている。

すごいなぁ。演奏を聞いているだけで、ひとりでに涙が出てきた。曲を作った作曲家達も、ベルリンフィルに演奏されて、さぞかし喜んでいるに違いない。

アンコールの最後の曲は、ドイツ人にとってはとても親しみのある曲だったらしい。みんな立ち上がり、一緒に歌っていた。その頃には、日もとっぷり暮れて。キャンドルや花火でクライマックスを盛り上げる人もいて、会場全体が幸せのオーラに包まれていた。

また、森の中を抜ける細道を通って、みんなが帰っていく。ものすごい人の数なのに、整然と駅に向かう様は、さすがドイツだった。

いい音楽を聞いた後は、気持ちがはしゃいですぐには眠れない。家に戻ってから、ペンギンと白ワインで乾杯する。大音量で大好きなビョークの歌を聞きながら、ベルリンフィルの余韻を味わった。

ベルリンフィルの、今シーズンのラストを飾るのは、小澤征爾さんだ。来年の6月。また、見に来られるといいんだけど。

お気に入りの

8月25日

夕方、小さな湖まで散歩に行くのが日課になってきた。通り道には、かわいらしい物を集めた品のいいブティックや、額縁を作る工房、本屋さんなどが点々とある。そんなにしょっちゅう内容が変わるわけでもないのに、前を通るとやっぱり気になって、中をチェックしてしまう。湖まで、早足で歩いてちょうど30分だ。

湖のほとりは草地になっていて、みんな、ブランケットなどを持参してゴロンしている。私は、ベンチに座ってぼーっとする。なんでもない風景だけど、ものすごく平和だ。少し休んだら、来た道を引き返す。

喉《のど》が渇いていたら、ワイン屋さんに立ち寄って、店先でちょっと一杯。シードルが、1ユーロちょっとで飲める。アイスクリームの時もあれば、オレンジジュースの時もある。幸せなひとときだ。これが私の、お気に入りの散歩道。

お気に入りのカフェも見つかった。
木の下のベンチが、なんとも気持ちいい。
ベルリンに素敵なカフェはいっぱいあるんだけど、特にここは居心地がいい気がする。

忘れない　8月28日

ユダヤ博物館に行ってきた。

建物の中に入る際、飛行機の搭乗の時と同じような、エックス線による手荷物検査を受ける。

建物を設計したのは、ダニエル・リベスキンドで、彼もまたユダヤ系アメリカ人であり、多くの親族をホロコーストによって失っている。建物には、亡命の道、ホロコーストの道、継続の道、と3つの通路が作られており、ユダヤ人の運命を表現したそうだ。

本当に、不思議な建物だった。ほとんど窓がなく、廊下にも傾斜がついている。そして、奇妙な形の新館とバロック様式の旧館は、地下でつながっている。

ホロコーストの道には、歴史を裏付ける、たくさんの品々が展示されていた。結婚指輪とブレスレット、ミシン、バイオリン、家族に託された手紙、友人に送られた小包。

ホロコーストがなければ、それらは何でもないただの物で終わったはずなのに、悲しい歴史を物語る貴重な資料となってしまった。物のひとつひとつに、それを所有していた人の人生が隠されている。中には、まだ20代の若さの青年が書いた、アウシュヴィッツ収容所からの手紙もあった。

建物の一角には、「ホロコーストの塔」という場所があり、そこは何もない暗闇だった。壁のほんの一角から、わずかな光が差し込んでくる。

希望と呼ぶには、あまりにも高くて手が届かない。いくら背伸びをしても、外は見えない。迫害を恐れ、多くのユダヤ人達が地下に潜った。辛く、悲しく、怖かったことだと想像する。

ホロコーストで犠牲になったのは、諸説あるが、ヨーロッパ全土で600万人とされる。ただ、戦後の50年から60年代にかけては、まるでこのことがなかったかのように、目を向けられなかったのだそうだ。アウシュヴィッツなど、強制収容所や虐殺収容所の存在を、もう終わったことにしようという空気が一般的だったという。その空気を変えたのが、1963年から始まったアウシュヴィッツ裁判だった。ここで初めて、約8000人いたとされるナチス親衛隊だったSSが法廷にかけられ、裁きを受けた。

最初から、反省する、という態度ではなかったのだ。けれど、そのことがあって、少しずつ少しずつ、ドイツ人が負の歴史と向き合うようになったのではないかと思う。自分達の負の歴史への向き合い方は、日本とずいぶん違うかもしれない。

ヨーロッパでの迫害から生き延びたユダヤ人の多くが、戦後、パレスチナへ逃れた。彼らがホロコーストで受けた苦しみや悲しみは、本当に想像を絶するものだったと思う。けれど同時に、その苦しさを知っているのに、今、イスラエルがパレスチナにしていることは、何なんだろうとも、疑問に思った。どうして、そうなってしまうのだろう。宗教って一体、何なんだろう。まだまだ、困難な道が続いている。

実は、このユダヤ博物館に足を運んだのは、今回で二度目だ。先週一度行ったのだけど、パスポートがなくて音声ガイドが借りられず、中に入れなかった。ふだんの外出にパスポートを持ち歩くなんて考えられないし、その時はなんでダメなのかと、かなり腹立たしかった。でもまさにそれこそが、当時のユダヤ人達の日々の暮らしを疑似体験するものだったのかもしれない。

1941年の9月から、ドイツに住む6歳以上のユダヤ人は、全員、ユダヤ人であることを示す黄色い星のワッペンを服に縫い付けることを義務付けられた。海外渡航を禁止する法律が成立し、大量のユダヤ人虐殺へとつながっていく。バスの中では、立っているドイツ人がひとりもいない時だけ、ユダヤ人は座ることができたという。何も罪のない人々が、日々、こういういわれなき差別や偏見にさらされていた。

ユダヤ博物館は、単にユダヤ人の歴史を知らせるだけでなくて、ユダヤ人そのものを経験するような特殊な場所になっている。ところどころ端折《はしょ》りながら見ても、3時間半かかった。館内に、みんなが願い事を書いて結びつけるザクロの木のオブジェがあって、私もそこに書いてきた。

生きとし生けるものが、みな、幸せでありますように。

人の心をむしばむ悲惨な戦争が、もう二度と起きませんように。

記憶

8月28日

2年前に初めてベルリンを訪れた時、ものすごく驚いた建物がある。カイザー・ヴィルヘルム記念教会だ。屋根は半分吹き飛ばされ、壁も黒くすすけていて、今にも崩れてしまいそうに見えた。これは、1943年11月23日のベルリン大空襲によって破壊された時のものだという。最低限の補修だけして、そのままの姿で建っていた。

ベルリンもまた、第二次世界対戦の時、かなりの空襲を受け、爆撃されたのだ。これを目にした時は、本当に衝撃的だった。

残念ながら、今回は補修中らしく姿を見ることはできなかったのだけど、町を歩いていると、こういう戦火の跡をたくさん発見する。壁にある弾丸と思われる跡や、火で燃やされて黒くなっている壁などだ。あえて残しているのか、修復にまで手が回らなくて放置されているのかはわからないけれど、こういうふうに歴史の跡が刻まれていたら、絶対に忘れないだろう、と思う。

　昨日は、ホロコースト記念碑に行ってきた。ブランデンブルク門の南、国会議事堂も見える、いってみればドイツという国家全体にとっても重要な一等地に、広大な土地を使って作られたホロコースト記念碑。


　コンクリートで作られた2711の石碑が、整然と縦横に並んでいる。中に入ると、迷路のようで自分がどこにいるかわからなくなる。一緒に行ったペンギンとも、はぐれそうになった。地面も傾いでいて、本当に不安定な気持ちになってしまう。

　その間を縫うようにして、子ども達が駆けまわり、カップルが石の上で仲むつまじく戯れている。寝転がって日光浴するのも、厳粛な気持ちで亡くなった人達に祈りを捧げるのも、自由だ。

　石碑には、何も書かれていない。けれど、その沈黙が、言葉にならない様々な感情をものがたってくる。

　これら重たいコンクリートのかたまりが、私には、ドイツ人の強い意志に思えてならなかった。半永久的に、未来永劫《えいごう》、子々孫々にまで、自分達が犯した過ちを記憶にとどめようという、負の歴史へのまなざしが伝わってくる。

人間は、忘れやすい。特に、自分に都合の悪いことは、無意識のうちに早く忘れてしまう。だからこそ、こうやって、確固たる意志を持って、忘れずにいる努力をしなくちゃいけない。

こんな町の中心に記念碑があったら、絶対に忘れられないし、こんなに不思議なオブジェが町にあったら、何も知らない子ども達だって、きっとこれは何なのかと、大人に聞くと思う。そうやって、ずっとずっと語り継がれていくのだろう。


この近くには、ナチによって迫害を受けた同性愛者達を追悼《ついとう》するための記念碑も作られている。

のぞき窓から中をのぞく、男性同士のカップルが口づけをする映像が見えた。そしてこの近くには、ヒトラーが自殺をした地下壕《ごう》の跡もある。


こんなふうに、ベルリンには、歴史を物語る跡がたくさん残されている。まるで地層のように、いろんな歴史がむき出しのまま、さらされている。自分達がされたことも、やったことも、いいことも、悪いことも、全部だ。そういうのが、町のいたる所に存在する。忘れない努力を、すごくすごくしている。過ちを、二度と起こさないように。

そして、きちんと反省しているからこそ、自信を持って、前に進んでいけるのかもしれない。忘れないドイツ人と、水に流す日本人。

同じような歴史を抱えるのに、向き合い方は正反対に見える。

ベルリンに漂う自由な空気は、自然に生まれたのではなく、こうやって、人々がひとりひとり努力を積み重ねて、培ったもの。

そのことを肌で感じられたのが、今回の滞在の、最も大きな収穫かもしれない。

タフでなければ

9月2日

ベルリンにいると、とにかく、人の逞しさに圧倒される。男性はもちろんのこと、目立つのは女性の強さだ。

工事現場でも、ふつうに女性が肉体労働に携わっている。郵便配達の人にも、女性が目立つ。エレベーターのないアパートも多いから、一口に郵便配達と言っても、ものすごい重労働だ。自転車をかついで、駅のホームまで階段を上がるのだって日常茶飯事だし、ここには、女性だから、というだけの理由で優遇されることはほとんどない。

見たところ、日本のような宅配システムも、そんなにないようだ。何でも、自分の荷物は自分で運ぶのが基本になっている。この間なんて、ベッドのマットレスを、トラムで運んでいる人がいた。

私も、この滞在中に一体どれだけの階段を上がったのだろう。食糧にしろ、水にしろ、必要なものはすべて自力で持って上がる。本当は当たり前のことなのに、東京の暮らしでは、エレベーターに頼り切っていた。本当に大変だから、自分にとって何が必要かを、じっくり考えるようになった。ずいぶん、電気に頼った暮らしだったんだなぁ。

第二次世界大戦の末期、ベルリンにはものすごい数の爆弾が落とされたそうだ。中心部は廃墟となり、東から攻めてきたソ連軍との間で、ひどい市街戦が繰り広げられたという。戦争が終わっても、男性達は皆戦争に駆り出されてしまっており、大戦前には430万人だった人口が、250万人にまで減っていたそうだ。生き残った3分の2は女性で、彼女達ががれきの山を片づけ、ベルリンの復興を成し遂げた。

そんな歴史もあって、女性達がすごく逞しいのかもしれない。

近所を歩いていると、たまに、ものすごくカッコいい女の人がいる。さっそうと自転車に乗って、目的地へ向けて一心に走っていく姿に、思わず見とれてしまう。どんな人生を歩んできたのかな、と思わせる何かがあり、いつまでも印象に残る。そんなふうに、年を重ねられたらいいなぁ、と思う。

そろそろ

9月6日

秋の気配。アパートの中庭にあるマロニエの木も、なんとなく紅葉を始めているような。近所にやって来る観光客も、ぐっと減ってきている。

昨日は、最後のライブに行ってきた。野外ステージだから雨が心配だったのだけど、ぎりぎりセーフ。みんな、ほとんど冬のような格好で来ていた。

最初はふつうに聴いていたのだけど、だんだん乗りのいい曲になってきたら、観客の女の子ふたりが、ステージの脇で踊り始めた。

すると、それに触発されて、おばちゃんも踊りに参加し、さらにおばちゃんが観客の中の男性客を強引に誘って、今度はおじちゃんも踊り出し。

アンコールでは、もうどこがステージだかわからないくらい、観客が入り乱れてダンスパーティになっちゃった。

すごい盛り上がり。

こうやって、これからやって来る厳しい冬に向けて、元気を蓄えているのかもしれない。

この夏のベルリン滞在は、もうすぐ終了。週末には、日本に戻っている予定だ。

今、アパートの大掃除も済ませた。

この部屋に暮らすことももうないと思うと、ちょっと切ない。

あれから

9月11日

成田に到着して飛行機から出た瞬間、むわっとする空気に包まれた。まるで、ジャングルにいるみたいな、暑くて重たい空気。あぁ、日本の夏だ。この感覚を、だいぶ忘れていた。

ベルリンは、雲がとても低い位置にあり、そのせいで空がとても近かった。それと較べると、東京の空は高く感じる。蟬《せみ》の声を聞いて、なんとなく心がほぐれた。

外国にいても、およそどの人が日本人かだいたいわかるのは、この湿った空気によるところが大きいのかもしれない。柔らかいというか、丸いというか、ぼんやりしているというか。ヨーロッパの人達が堂々といちゃいちゃできるのは、もしかすると空気が乾燥しているからかも。日本だと、暑くてそれどころじゃなくなってしまう。

ドイツの何が好きかというと、一言で言うと、ぴしっとしているところだった。やることはきちんとやる。最低限のルールを守る。その上で、人生を楽しむ。互いの違いを認め、相手を受け入れる。2か月もベルリンにいたのに、差別をされたり、不快な顔をされたり、という嫌な気持ちになったことが思い出せない。

今回ベルリンにいて、たぶん、日本人にとっての東日本大震災は、ドイツ人にとってのベルリンの壁崩壊と同じような意味を持つんじゃないかと思った。

今まで考え方の違った人同士が同じ国になるというのは、ものすごく大変なことだったと思う。東の人達も努力をしたし、西の人達もそれを応援した。それはそれは、困難な道のりだったはず。でも、二十数年経ち、ドイツは本当にいい国になった。ベルリンしかわからないけれど、人々に自信や誇りを感じたし、前向きに生きている感じがした。もちろん、いろんな問題を抱えてはいるのだろうけど、それでも、私にはとてもすばらしい希望のある国に思えた。

今日で、震災から半年だ。ニューヨークで起きたテロからは、ちょうど10年が経つ。

人の力では決して防ぎようのない自然災害で、あれだけ多くの犠牲者が出るのだ。だから、戦争とかテロとか、人の努力や知恵でなんとかできることに関しては、本当にもうどうにかしたい。

そのために多少不便になるのなら、それでも構わない。

すっかりボロボロになった、ベルリンの路線図。これが1枚ポケットにあるだけで、かなり安心だった。

電車　9月17日

パッと見ると、まるで東京の路線図のよう。どうやら、東京の電車や地下鉄を作る際、ドイツから技術者が来てくれて、いろいろ教えてくれたらしい。

ベルリンにも、東京と同じように、円形の線路を内回りと外回りにぐるぐる回る「リング」という路線があり（これが、東京でいうと山手線だ）、その真ん中を横切る形でも電車が走っている（これは、勝手に中央線と呼んでいた）。そして、網の目のようにはりめぐらされた、地下鉄。ベルリンでは、地上を走る電車をSバーン、地下鉄をUバーンと呼んでいる。

Sバーンが走る線路の高架下の使い方も、そっくりだ。煉瓦で造られたアーチ型の高架の下には、ビアホールやカフェ、レストランが入っていて、さながら、新橋駅前。Uバーンのホームも、まるで東京のどこかの駅にいるような錯覚になり、実際ドイツに足を運ぶと、いかに日本がドイツから技術の提供を受けていたかがよくわかる。

ちなみに、Uバーン、Sバーン、トラム、バスは、すべて同一のチケットで乗ることができる。バス以外は、改札も、切符を持っているかをチェックする係の人もいない。つまりは、ただで乗ろうと思えば、どこでも簡単に無銭乗車できてしまう。

でも、それに対するペナルティーもちゃんとしているから、それをやる人は、ほとんどいない感じがした。ベルリンにしろバンクーバーにしろ、改札がない町、というのが、私は好きなのかもしれない。

だって、一人一人が自立していないと、こういうシステムは成り立たないもの。もちろん、日本のように電車賃がこうも複雑だとそういうことは難しいのだろうけど、もしみんながチェック機能がなくてもきちんとお金を払うような社会だったら、その分の、機械とか人件費とか、無駄を減らすことができる。

帰国して、いちばん驚いたのが、電車だった。あまりに、too much talking だ。

やれケータイはやめましょう、だの、駅が近づけば、事前に荷物をまとめて慌《あわ》てて下車しないようにだの、忘れ物をするなだの、これではまるで幼稚園だ。親切を通り越して、なんていうか……。

注意を促さなくちゃできないからそうなっているのか、それともそういう注意に乗客が甘んじているのかはわからないけど。

ヨーロッパに行って帰ってくると、「自立」という言葉をどうしても意識してしまう。自分が今どこにいるか、そしてどこに行きたいのか、ということを常に自覚していないと、方向を見失う。

そうそう、あと、電車でみんながみんな、ケータイに釘付けになっているのも、やっぱり見慣れていたとはいえ、かなり衝撃的だった。

きれいさで言えば、どっこいどっこいか、東京の方がやや上という感じ。

ドイツ人もきれい好きだけど、日本は本当に清潔だと思う。

ふううううう　9月22日

日本に帰ってきて、何がうれしいかというと、お風呂。洗い場とは別の湯船にたっぷりとお湯を張って浸かる醍醐味は、日本でしか味わえない。特に、温泉は最高だ。

モンゴルやアラスカでも露天の気持ちいい温泉に入ったけど、水着着用というのが難点だった。やっぱりお風呂は、生まれたままの姿で入りたい。

今日も、行きつけのお風呂に行ってきた。雨の降る中、黒いお湯に手足を伸ばせば、極楽極楽。何にも代え難いリラックス方法だと思う。

2か月ぶりに東京に戻って、みんながとっても疲れているなぁと感じる。周りの知り合いを見てもそうだし、電車に乗っている人を見てもそう感じる。東日本大震災から半年が経って、その間に余震もあり、節電の暑い夏があって、台風があって、残暑があって、また台風。疲れてしまって当然だ。

この間の3連休で1日だけ外出したのだけど、その時、人身事故で列車の運行が乱れ、大変だった。なんだか最近、人身事故が多い気がする。震災で、家族の絆《きずな》が強まっていると耳にするけれど、そういう身近な温もりすらない状況の人達は、ますます孤独感を深め、思いつめてしまうかもしれない。

そんなふうに行きづまってしまったら、まずは立ち止まって深呼吸を。

吐く息がすごく大切だから、ゆっくりゆっくり息を吐き出して、ふぅぅぅぅぅ、と中の空気を全部出す。

無理をしないことが長続きの秘訣なのだと、最近私は強くそう思っている。

遠距離恋愛　9月27日

まるで、心の一部がびりっと破けて、穴が開いてしまったようなのだ。どうしようもない、この感じ。なんだろうと思いを巡らせたら、遠距離恋愛だとわかった。

ベルリンのことが、忘れられない。親しくなったワイン屋さん、どうしているかなぁ、とか。今週も、青空マーケットのケーキ屋さんに、レモンタルトが並んでいるかなぁ、とか。もうかなり寒くなって、街路樹がきれいに色づいているんだろうな、とか。思い出しては、どうしようもないため息ばかり。私は今、ちょっと、というか重度の、ベルリンシックだ。

たとえばまた来年ベルリンに行って、同じワイン屋さんのドアを開ける。こっちは、にこにこ顔で「ハロー！」と言っても、きっと向こうは覚えていない。せっかく親しくなれたのに、その関係をまたゼロから築かなくちゃいけないと思うと、空《むな》しくなってしまう。旅行者なんだから、仕方ないとわかっているけど。時々気持ちがどすんと穴の底に落っこちて、今すぐ航空券を手配し、ベルリンに戻りたくなる。

あまりに素敵な時間を過ごしてしまったから、その反動で、どうも気持ちが沈みがちだ。

もちろん、日本は大好きだし、東京にもいい場所がいっぱいある。どんなに恋い焦《こ》がれても遠距離は遠距離、仕方ない、と思い直して、今日は午後、少し遠出をして、好きなカフェにロールケーキを食べに行くことにした。こんな気分の時は、甘い物に限る。でも、やってなかった。

うまくいかない時は、うまくいかないものだ。仕方なく、近くにあったかわいいお店に入って、お水を買って飲む。お店の人と、ちょっとだけ話して、なんとか救われた。何気ない会話を、なんのストレスも感じずに日本語で交わせることが、とてつもなくありがたく思えた。これで気持ちが、少し太陽の方を向いたかも。


今回ベルリンで、驚いたことのひとつが、犬がとてもお利口なこと。とにかく、キャンキャン騒いでいる犬は、ほとんどいない。どの犬も、ぴたっと飼い主に寄り添って、電車の中でもレストランのテラスでも、おとなしくじっとしている。お肉屋さんの前ですら、微動だにせず、ご主人様の買い物を待っていた。犬の調教をさせたら、ドイツ人は多分、世界で一番かもしれない。

秋刀魚

9月28日

大量の秋刀魚《さんま》が届けられた。数えたところ、15尾も入っている。新鮮なうちにご近所さんにお配りし、残りを家でいただくことにする。

被災地、大船渡からやって来た秋刀魚達だ。東北から届く今年の秋刀魚には、格別の想いが込められている。

今夜は、定番の塩焼にしていただいた。じっくりと焼き、大根おろしをたっぷりかけて。目の周りに少しも血が滲まない、本当に美しい秋刀魚だった。力強い味に、思わずうなった。

残りは、3枚におろしてから、酢で洗い、さらにそれを昆布に挟んで、冷蔵庫で寝かせてある。明日は、秋刀魚のちらし寿司をする予定。

数日前のニュースで、漁師さんが漁に出られたことを本当に心の底から喜んでおられた。海で暮らしを立てていた人々は海へ、田んぼや畑で暮らしを立てていた人々は田畑へ。

家族で暮らしていた人々は、同じ屋根の下へ。

一刻も早く、暮らしが整いますよう。

おいしい秋刀魚の塩焼をいただきながら、しみじみ思った。

何も、多くを望んでいるわけではなく、ただただ、以前のありふれた日常を取り戻したいだけなのに、それが叶わないというのは、本当に苦しいことだと察する。

いろんな支援の仕方、想いの伝え方がある。

ずっと、長い気持ちで、寄り添っていきたい。

英語版

10月4日

もうずいぶん時間が経っているのだけど、２０１１年の夏イギリスで発売された、『食堂かたつむり』の英語版。タイトルは、「The Restaurant of Love Regained」。

装丁が変わると、雰囲気もだいぶ違う。翻訳されるそれぞれの国によって、地域によって、いろいろイメージがあるのだろう。

イタリア、韓国、中国、台湾、今までは、どれも、逆立ちしたって読めなかった。でも今回は、努力すれば、何が書いてあるのか、なんとなくでも理解できる。がんばってみようかな。

自分の原点となる作品が、言葉の壁を越えて、いろんな人に読んでいただけるというのは、本当にうれしい。今月末には新しい本も刊行されるし、私も、倫子に負けないように、自分の道を進んでいきたいと思う。

今日は、久しぶりにスープを作った。

玉ねぎと長ねぎと里芋とじゃが芋と小松菜を入れたら、きれいな色に！

ありとあらゆる色彩の中で、私はこの色が一番好きだ。

気がつくと、コートも帽子もセーターも、緑ばっかりになってしまって、それはそれで困るのだけど。緑の中でも、この色がもっとも落ち着く。

鴨は、塩をして干しているところ。

今、カラスにとられないよう、目を光らせている。

釜揚げうどん　10月12日

　弱っている時は、うどんに限る。東北で生まれ育ったから、以前はだんぜん「蕎麦《そば》」党だったのだけど、年を重ねるにつれて、うどんに心惹かれるようになってきた。なんといっても、うどんは大らかなところがいい。

　たとえば風邪を引いた時、蕎麦を食べたいとは思わないけれど、うどんなら食べられる。そばには、おしりに「道」がつくような、有無をいわせぬ緊張感があって、ああだこうだと蘊蓄《うんちく》もあり、背筋をぴしっとまっすぐにしないと向き合えないような、精神的な何かが宿っている。元気な時は、それはそれで楽しいけれど、ちょっと元気がないな、という時は、断然うどん。

　秋の花粉が飛んでいるのか、季節の変わり目で風邪っぽいのか、それともベルリンシックが尾を引いているのかわからないけど、どうも体がだるいのだ。今は、三食うどんでもいいというか、むしろ、三食うどんが食べたい。

釜揚げうどんなら、茹でた鍋をそのまま食卓に置いて食べられる。昨日は、最後に竹輪も入れてみた。薬味は、ネギ、生姜、ゴマなど。全部そろわなくても、一種類あれば平気。天かすなんかあったら、大豪華だ。

関西のはんなりした柔らかいうどんもおいしいと思うし、名古屋名物、超アルデンテの味噌煮込みうどんも好きだけど、一番の贔屓《ひいき》は讃岐うどん。もちもちというか、いやらしいくらいにむちむちした白い麺は、どんなに食べても胃に余白を残してくれる感じがして、弱っている時でもすいすいと体に入っていく。

ここは、ひたすら釜揚げうどんを食べて乗り切ろう。おなかが空くということは、生きている、ということだから、食べていられる間は、まだまだ大丈夫だ。

今月の終わりに新潮社より刊行される短編集『あつあつを召し上がれ』も、まるで私にとっての釜揚げうどんみたいに、読んでくださった方のおなかが、ぽかぽかと温かくなるような本であったらいいなぁ、と思う。今日、はじめて装丁を見せていただいた。とてもあったかそうで、おいしそうなデザインになっていた。本が出る前は、いつも緊張して、胃がきゅーっとなってしまう。

ちなみに、私が今連日のように食べているのは、高松市にある三野製麺所で作られている手打ちうどん。25分も茹でると書いてあって最初は驚いたけど、その間に、煉瓦みたいにかちかちになるまで乾燥された干しうどんが、水分を含んで、再び打ち立てのように甦ってくれる。

ベルリンで、これにカレーをかけて食べた時はもう、本当に踊り出したくなるほどの感激だった。明日は、豚汁の残りにうどんを入れて食べてみようと思っている。

台所にある一番大きな鍋で、たっぷりと。

茹でている間にどんどんお湯が減っていくので、途中で熱湯を足したらいいのかも。

あつあつを！

10月25日

夕方、新刊の見本が届いた。できたてほやほやの、『あつあつを召し上がれ』。

何度経験しても、自分の新刊と対面する時の歓びというのは、他には味わえない。ほのぼのとした、明るい気持ちというか。お正月を迎えた時のような、新鮮な気持ちというか。体の中心から、じわじわっと、歓喜のエキスがしみ出てくるような感覚なのだ。

今回もまた、とっても素敵な衣装を作っていただいた。鼻を寄せるとおいしい匂いが漂ってきそうで、さわると、あったかい温もりが伝わってきそうだ。あんまりきれいで、ずっと胸に抱きしめていたくなってしまう。愛しくて、かわいくて、あー、がんばって書いてよかったなぁ、と思う。この本におさめられている7つの物語は、どれも、じっくりと時間をかけて煮込んだ作品ばかりです。読み終わった時、おいしい料理を食べた後のような満たされた気持ちになっていただけたら、すごくすごくうれしい。

サークル　オブ　ライフ

10月31日

10月28日号の『パピルス』に、小説を書かせていただきました。タイトルは、「サークル　オブ　ライフ」、カナダを舞台にした旅のお話です。

カナダまで取材に行かせていただいたのは、ちょうど1年前。

去年は、100年に一度と言われるほどの、鮭《さけ》の大産卵が見られた年だった。森の中を流れる川の上流を目指して、体をぼろぼろにした鮭達が、子孫を残すために必死の形相でのぼってくる。

そこには、なんとも言えない生のエネルギーと、すべてを包み込むような清らかな空気が流れていた。

カナダに暮らす原住民たちは、鮭の生き方に、人の生き方を重ねるのだという。

4年に一度、生まれた川に戻って子孫を残すと、すぐに死んでしまう鮭たち。

その命のつながりを表す言葉が、‘circle of life’だ。

併《あわ》せて、鮭の産卵を見に行った時のエッセイも掲載されております。ぜひごらんくださいませ。


明日から、もう11月。

今年も終わりが見えてきた。あまりにも大きなことが起こって、いまだに心の中が整理できないし、個人的にも今は作品の端境期で、なんとなく心の中がもやもやしていたのだけど、ようやく、明るい気持ちが芽生えてきた。

また、作品が書けるように、今は、おなかをあったかくあったかくして、小さな芽を、大切に守ろうと思う。

子ども達　11月9日

サントリーホールに行ってきた。

3月11日の震災の時、援助の手を差し伸べてくれた世界中の人達への感謝の気持ちを伝えるための、クラシックコンサートだった。NHK交響楽団をはじめとする有志達による、この日のために特別に編成されたオーケストラだ。

その方達の演奏する、「G線上のアリア」も、ラフマニノフの「ピアノ協奏曲第2番」も、チャイコフスキーの「交響曲第4番」も、どれもすばらしかった。でも、いちばん胸にしみたのは、子ども達だ。

被災地、いわき市から駆けつけた植田中学校のブラスバンド部。

そして、大船渡市の3つの小学校、越喜来《おきらい》、崎浜、甫嶺《ほれい》の合同合唱団。

越喜来小学校と崎浜小学校は、津波で校舎が流されてしまい、今は甫嶺小学校で一緒に学んでいるという。

まっすぐな目をして、楽器を奏で、歌をうたうその姿を見ているだけで、涙がこぼれた。

小さな体で、どれほど悲惨な光景を目にしたのだろう。それでも今、必死に生きている姿に、こっちが励まされて、勇気をいただいた。きっと、サントリーホールに立ったこの日のことは、ずっと胸に刻みつけられるんじゃないかと思う。

演奏された中の1曲、ラフマニノフの「ピアノ協奏曲第2番」は、ラフマニノフが自信喪失から強度のノイローゼになってしまい、けれどその挫折を乗り越え、復活するきっかけとなった曲だという。

本当に、生きていくことは辛いことだけど、でも、生きていればいいことだってあるかもしれないと、演奏を聴きながら、そんなことを思っていた。

冷たい雨のなか

11月12日

昨日の東京は、一日中、冷たい雨が降っていた。なんとか夕方までにやんでくれないかと思っていたのだけど、それも叶わず。

そんな悪天候の中で、わざわざ恵比寿でのサイン会に足を運んでくださったみなさま、本当に、ありがとうございました。サッカーの試合もあるし、私だったら、絶対に家に引きこもって一歩も外に出たくない、と思いそうなのに、それでも来てくださる方がいらして、本当にしみじみと、うれしかったです。

ふだん本を書いていても、自分の本が誰かに読まれているという実感はほとんどないのだけど、唯一サイン会の時は、そういうことを直に感じることができて、ほんのりと温かな気持ちになる。あぁ、私の本も、誰かの役に立っているんだな、とか。その気持ちが確かめられただけで、また次の作品を書こうというエネルギーになる。本当に幸せなことだ。

サイン会が始まる前、ちょっと時間があったので、文房具屋さんをのぞいたら、来年用のいい手帳があった。軽いし、一か月単位で見開きになるし、地下鉄の路線図などものっている。色違いで数種類あったのだけど、いろいろ迷ってイエローにした。来年は、こんな明るい一年になるといいなと思って。

昨日は、2011年11月11日。1が並ぶ記念の日であるとともに、震災から8か月が経つ。震災があって、結婚する人が増えている一方、離婚する人も、すごい割合で増えていると聞いた。自ら命を絶つ人も増えている一方、新しい命も、誕生している。自分はこう生きよう、というのが、ひとりひとりの心の中で、より鮮明になったのだと思う。

そんな中での、昨日のサイン会だった。私はやっぱり、物語が書きたいな。

先の予定をあらかじめ決めるのは苦手だから、いついつまでにこの作品を書きます、なんて約束も、どなたともしないのだけど、でもとりあえずあと一作は、書けるかな、という気持ちになった。来年の新しい手帳を見ながら、にんまりしてしまう。

小さな整理券に、細かい字で丁寧にたくさんのコメントを書いてきてくださったみなさま、お手紙をくださった方々、本当に感謝の気持ちでいっぱいです。ありがとうございました。

蟹とお蕎麦　11月17日

最近、ちょっとしたマイブームがある。それは、ふるさと納税だ。自分で納税先の都道府県や市町村を選択でき、しかも使い方まで、ある程度指定することができる。「ふるさと」は出身地以外でも、思い出の地や、応援したい所、いつか行ってみたい場所など、自分の気持ちで自由に選ぶことが可能で、税金を払ったのと同等の控除が受けられるという仕組みになっている。これは、ものすごく画期的だし、楽しいことでもある。

たとえば、山形県尾花沢市で行っている「雪とスイカと花笠のまち」応援寄付では、

①花笠おどりなど伝統文化の継承
②銀山温泉を軸とした魅力ある観光地づくり
③自然環境の保全、景観の維持、再生
④子育ての環境づくり

この4項目から、自分でお金の使い道が決められるのだ。

しかも驚いたことに、後日、「お礼」まで送られてきた。これも自分でいくつかある中から選択が可能で、地元の銘菓や、スイカ、お蕎麦など、いろいろある。お蕎麦にしてみたら、有機栽培の、立派な十割蕎麦が届いた。

さっそくいただいたところ、びっくりするおいしさで、乾麺なのに、蕎麦湯も白濁して、とーろとろ。同じように、北海道の紋別市からは、蟹《かに》が届いた。

別におまけが欲しいわけではないんだけど、納税をして、そんなお礼をいただけると、なんだかうれしい。税金は払うのが義務だし、払わなくちゃ社会が成り立たない。でも、有意義な使い方をしてくれるならいいけれど、一部の人達の私利私欲のために使われたのでは、払う気持ちも失せてしまう。税金は、ニコニコ喜んで積極的に払えるような世の中であってほしい。常々そう思っていたから、ふるさと納税には大賛成。

今回、私もしたけれど、被災地、石巻市などでも、寄付を募っている。こうやって、まさしく血税が、有効に使われることを祈るばかりだ。年末に向けて、またやってみようと思っている。

ケセラセラ

11月21日

先日行われた横浜でのサイン会に足をお運びくださったみなさま、本当にありがとうございました！　私自身が、たくさんの心の栄養をいただきました。また次の作品で恩返しができるよう、がんばります。

ひとつ、お知らせです。２０１２年1月号の『旅』に、「パリにサーカスを訪ねる」という、エッセーを書かせていただきました。

今年の4月、わざわざパリまで飛んだのは、パリを拠点に活動する、あるロマの人達の家族サーカスを見るため。ここ何年か、折に触れてサーカスを見てきたのも、いつかサーカスを題材にした物語を書こうと思っていたからだ。その物語が、来年から、また『旅』で連載されることになり、今回のエッセーは、その予告編のようなもの。になるはずだったんだけど……。

『旅』の休刊が決まったらしい。自分自身とても好きな雑誌だったし、そこに作品を書かせていただけることもすごく誇りに感じていたから、すごく残念で仕方ない。すてきな雑誌を届けようと、編集部の方達が日々努力をされていたことを思うと、本当に胸が痛くなる。けれど、決定したものは、くつがえせない。ということで、連載の予定もなくなりました。

休刊という響きには、苦い思い出がある。かつて、編集プロダクションで働いていた頃、自分の担当している雑誌が休刊になった。しかも、発刊からわずか数号での休刊だった。そのことで、結局私はお役ご免となったのだった。

もう絶対に誰かの下で働くのはやめようと心に誓ったのは、その時だった。そして、物語を書く人になりたい、と自覚したのもこれがひとつのきっかけだった。以来私は、どこか組織に所属して、お給料をいただくという暮らしではなくなった。そこからもまた、長くて暗いトンネルが続くのだけど、もしそれがなければ、今の私もないわけで……。

何が幸せで、何が不幸かは、最後まで見極めないと本当にわからない。人生は、なるようにしかならないから、ジタバタしても始まらないし。

ケセラセラの精神で、生きていかなくちゃ！

そういえば

11月22日

駅前に新しくできたコーヒー屋さんに入ったら、食器棚に懐かしいものが飾られていた。マスターのすぐ後ろ、壁一面コーヒーカップが並べてあるその一角にいたのは、アイボだ。一時期、大ブームを巻き起こしたロボット犬。

確かお値段も、かなり高かったはず。だけど、今でも現役でかわいがられているアイボは、一体どのくらいいるのかな。もう動かされなくなったアイボは、どうやって処分されているんだろう。

そういえば、ホワイトバンドっていうのもあった。これも一時期、大ブームになったっけ。有名なスポーツ選手とか芸能人の人達がCMに出て、連日オンエアされていた。多くの若い人が、腕にこのホワイトバンドをはめて歩いていた。でも今、街を歩く人でホワイトバンドをはめている人は、ほとんど見かけない。みんな、いつ外したのだろうって疑問になる。そして、そのホワイトバンドは、その後どこに行ったのだろう。ゴミとして、捨てられたのかと思うと、複雑な気持ちになってしまう。

そういえば、と思うことがもうひとつある。震災前まで、頻繁に流されていた、原発を促進するためのCM。これにも、影響力のある知識人やタレントの方達が起用されていた。あのCMは、なんだったんだろう。

つらつらとそんなことを思いながら、りんごのケーキを焼いた。

早く、自分で電力会社を選べる時代がくるといいのに。

手　11月24日

もしも目の前に自由に使える1万円が置かれたら、私は迷わずエステを選ぶ。人によっては、パーッとおいしいものを食べたり、たくさんお酒を飲んだりしてストレスを発散させるのかもしれない。でも、私は断然エステだ。

エステにも、相性があると思う。上手い、下手、とは別に、合う、合わないの問題だ。合わない人にやってもらうと、自分も逆にストレスがたまるし、相手にも、せっかく一所懸命やってくれているのに受け皿がなくって申し訳ない。

Aさんは、とってもいいエステティシャンだ。1回別の方にしてもらったら、同じコースのはずなのに、全然違った。人によって、やり方がいろいろあるから、それからは必ず、彼女にお願いすることにしている。

全身にいい香りのオイルをたっぷりぬられ、頭から爪先までまんべんなくもみほぐされるのは、極楽気分だ。

ふだん自分では気づかないようなところに凝《こり》がたまっていたり、体温が低くなっていたり、自分の体なのに自分ではわからないことがたくさんある。

彼女の手は本当にあったかくて、触れられているだけで、幸せがじわじわと滲み出てくるようなのだ。なんだか彼女の手のひらが掃除機みたいに、私から、悪い部分を取り除いてくれる。

「ご自分も、お客さんとしてエステに行ったりするんですか？」と質問したら、「行きます」とのことだった。ずっと立ち仕事だし、どうしても利き手の方の肩が凝ってしまうらしい。

そういう時は、勉強もかねて、他のエステに行くのだそうだ。

自分でやれることもあるけれど、やっぱりいざという時には、自分以外の、誰かの温もりが必要なのかもしれない。

おかげで、体がすっきりして軽くなった。

センス・オブ・ワンダー

11月27日

福岡伸一先生と阿川佐和子さんの対談集、『センス・オブ・ワンダーを探して』。今週末、一気に読んだ。本当にいい内容だった。

福岡先生とは、私も2度ほど対談の機会をいただいたことがある。先生は、子どもの頃から虫が大好きで、ドリトル先生みたいな学者になりたいと思い、その気持ちのまま大人になって、生物学者になられた。けれど、実際に生物学者になってみると、生命の探求をしているはずが、たくさんネズミを殺して研究しなくてはいけなかったのだそうだ。

先生はこの本の中で、もうそれを止めようと思っている、とおっしゃっている。そのために、これ以上新しい実験や研究をするのを止めるため、研究室を閉じたという。そろそろ自分の人生の閉じ方を考えようと、死ではなく、生を見つめる生物学者に戻りたい、と。

そういうふうに考えたり願ったりする人は大勢いても、それを本当に行動に移して実行できるのは並大抵のことではないし、すごく難しいことだと思う。けれど、先生はそれを成し遂げようと、すでに行動されている。

福岡先生の言葉が、理系音痴《おんち》の私にも、なんとなく理解できたりするのは、そういう血の通った正直な気持ちが隠れているからなのかなぁ、と本を読みながら何度も思った。先生の中には、いまだにちゃんとドリトル先生にあこがれた少年がいて、大切な場面で、先生を、操縦しているような気がする。

一方の阿川佐和子さんも、時に極上の聞き手となり、先生の言葉をうまくわかりやすく、翻訳してくださっている。この対談がおもしろいのはきっと、福岡先生も阿川さんも、杓子《しゃくし》定規な大人の建前ではなく、お二人とも子ども時代の心に戻って、本音でしゃべっているからじゃないかと思う。

阿川さんも最後に書かれている通り、お姉ちゃんと弟の、とめどないおしゃべりを立ち聞きしているような気持ちになるのだ。

対談を通して浮かび上がってくるテーマは、子ども時代をいかに過ごすか、というもの。幼少時代のセンス・オブ・ワンダーが、その人の人生を支える、という。

読んでいて、ふいに涙があふれたところがある。自分でもどうしてだかわからないけれど、なんだかお二人に、自分の幼少時代を肯定してもらったような気持ちになったのだ。読み終わってからも、またなんだか泣きたくなった。

私は今まで、地球上から人間がいなくなったら、地球はすごくハッピーになるのだとばかり思っていたけれど、先生は、そんなことはなく、人間もある程度は必要な存在なのだということも、教えてくださった。

この本には、そういう大切な欠片《かけら》が、たくさんちりばめられている。

私は、これからきっと、何度も読み返すことになるだろう。

福岡ワールドへの入門書としても、そして阿川さんのすてきな一面を知る上でも、上質の対談集です。

モンゴルのこと　11月30日

去年、私は2回、モンゴルに行ってきた。春と夏。今でも、ふとした瞬間に、その時のことを思い出す。めちゃくちゃ辛かったはずなのに、なぜかまた、あぁ、モンゴルに行きたいなぁ、と思う。

その取材をもとに、小説を書いた。タイトルは、「恐竜の足跡を追いかけて」。12月6日発売の、『GINGER　L。』（ジンジャーエール）に掲載されます。

ふだん、自分の実体験をそのまま書くことはほとんどないけど、この小説に関しては、かなり私の経験がリアルに盛り込まれている。そういう意味では、ちょっと雰囲気が違うのかもしれないけれど、モンゴルの大自然のこととか、若者事情とか、自分も主人公と一緒に旅をしているような雰囲気を味わっていただけたら、うれしい。

グルメとかショッピングとかにそれほど興味がない私にとって、旅は辛いことの方が多い。

でも、辛いからこそ、面白い発見がある。ふだん気づかない自分の短所が見えたりして、そういう極限状態にまで持っていかないと、気づかないことがたくさんあるってことに気づく。旅先では、自分が、より凝縮されるのかもしれない。

特に、去年の夏のモンゴルは、本当にきつかった。日中は40度近くなるのに、夜は0度近くまで気温が下がる。でも私は、自分で薪ストーブもつけられなかった。木の切れ端に火をつけて中に入れても、すぐに消えてしまう。何度やっても結果は同じ。何もできない自分に愕然《がくぜん》とした。そういう気づきの連続だった。旅は、自分の無知や無力を、思いっきり知って、思いっきり恥をかくことかもしれない。

今、私の周りの人達が、次々東京を離れていく。3月11日の津波が、まだ見えないけれど続いている。引き潮が、どんどんどんどん、形あるもの、形ないもの、いろんなものを連れ去っていく。あの日以来、サヨナラが、身近になった。

でも、サヨナラがなかったら出会えないものも、あるのかもしれない。「恐竜の足跡を追いかけて」には、そんな想いも含まれている。

天国耳

12月4日

悩ましい季節がやって来た。暖かい季節なら窓を開けて生活できるので気にならないのだけど、冬になると、窓を閉める。そうすると、私は冷蔵庫のブーンという音が、気になって気になって仕方ない。

特に、朝、仕事をする時。

あんまりうるさい時は、冷蔵庫のコンセントを抜いていた。本当に、いつか私は、冷蔵庫のない暮らしがしたい。

冷蔵庫に限らず、車のエンジン音とか、エアコンの室外機の音とか、そういう、音というか、低い振動音みたいなのに、私はすごく弱い。

なんだか落ち着かなくなって、気分が悪くなってしまうのだ。どんなに小さな音でも聞こえてしまって、極度の地獄耳だと思う。

その点、ペンギンはうらやましいほどの天国耳だ。私がすごく気になる音でも、え？　何か聞こえる？　なんて、けろっとしている。ミュージシャンとして長年大きな音を聞きすぎて、耳が鈍感になっちゃったんだろうな。

実際の音ということに限らず、ペンギンは天国耳の持ち主だ。

それって単なるお世辞を言われてるんじゃないの？　と思うような場面でも、そのまま相手の言葉を受け取るし、なんでも自分の都合のよいように解釈する。相手がほめてくれているのに、本当にそうなのだろうか、内心は違うんじゃないか、なんていちいち裏を読んでしまう私からすると、本当に幸せだなぁと思う。

でも、最近、いい方法を思いついた。今までは、とにかく雑音をなくそう、なくそう、というやり方だった。でも、それって本当に限界があって、都会の暮らしに、静寂はありえないとわかってきた。

だから、そうではなくて、逆に音を流して、それで冷蔵庫のブーンを聞こえなくさせてしまおう、と逆転の発想に転じてみたのだ。これが、大成功だった。

今、私の朝の仕事部屋には、エンドレスで、川のせせらぎの音が流れている。

最初、鳥のさえずりと、波の音、そして川のせせらぎ、3つを順に流していたのだけど、鳥のさえずりの場合、所々に音のない時間があってダメで、波の音に関しては、ザブーン、ザブーンが、その波によって不規則で、なんていうか、波打ち際にいて体を海の方に持っていかれそうになってしまう。それに、自分が海にいるような気持ちになって、だんだん眠たくなってくるのだ。

その点、川のせせらぎは絶えず水が流れていて、気持ちいい。

実際に背後で川が流れているような気持ちになり、マイナスイオンまで出ているようで、頭がスッキリし、かなり集中できるのだ。もっと早く気づけばよかった。

同じお悩みをお持ちの方、ぜひぜひ試してみてください。

天国耳への、第一歩です。

布　12月10日

今日は、ヨガ教室のバルコニーから、ばっちり富士山が見えた。今年一番の冷え込みらしく、寒い、寒い、寒い。でも、こういう冬晴れの日って、気持ちいい。

すごく冷えるので、なるべくストーブの近い位置にヨガマットを2枚重ねで敷いて、体を伸ばす。さすがに、生徒は、私ともうひとりだけ。


話は変わるけど、最近、もっともっと世の中に広がればいいのになー、と思っている物がある。布マスクだ。この時期、電車に乗ったりすると、たくさんの人がマスクをつけている。でも、そのほとんどが、使い捨てのマスクだ。

私は、ここ数年、布のマスクを愛用中だ。絶対に風邪を引きたくないので、冬に限らず、たいてい、外に出る時はマスクをする。手拭いの生地でできていて、表も裏も、リバーシブルで使うことができる。これが、ものすごーく便利なのだ。

普通に洗濯物として洗うことができ、何度でも使うことができる。それと、飛行機に乗る時なんか特に便利だ。機内ってかなり乾燥するのだけど、この布マスクにたっぷり水を染み込ませてつけておくと、楽になる。風邪を引きそうな時も、このマスクをつけたまま寝る。

手拭いは身近な素材だし、もっともっと、みんなが使えるようになったらよいのに。ただ、あんまり売っていないのだ。私は、京都のとある手拭い屋さんで買うのだけど、東京では見かけたことがない。無印さんなんかが製品化したら、一気に広がると思うんだけどな。

布マスクと合わせて、布ナプキンも、いい。不必要なゴミが減らせる上、体への負担も軽くなる。人によっては、生理痛が和らいだり、量も少なくなる効果があるらしい。

洗ったりする手間を省くために、使い捨てのいろんな物ができたのだろうけど、結局それは、ゴミになって、ゆくゆくは自分達の暮らしの首をしめる結果になってしまう。何よりも、布は使っていて気持ちがいいのだ。


今夜は、皆既月食があるとのこと。うちからも見られるのかしら？

まだわからないけど、夜ふかしして、見る予定。

とほほほほ。

12月17日

この1週間に起きた、とほほ事件をまとめてみた。

事件簿その1。

恒例の、夕方お風呂に行った時のこと。そこは銭湯を少し贅沢《ぜいたく》にしたような施設で、露天風呂もついている。露天風呂は、ひとつが大きな浴槽で、もうひとつは、つぼのような形のおひとり様用。つぼの方は、だいたいひとり5分という決まりになっている。

私はいつも、サウナ→シャンプー→体洗い→露天風呂の大きい方、という順番に回り、最後につぼ湯に入っていっちょ上がり、というコースをたどる。これで大体、1時間かかる。そこから歩いて帰ると、ちょうどよく晩ご飯の時間になる計算だ。

でも混んでいる時は、最後のつぼ湯をパスして上がってしまうこともある。露天風呂が好きだから、そこでただぼーっと時間を過ごすのが好きなのだ。最近は特に夕暮れが早いから、天気がいいと、星空を見ながらお湯につかれる。

その日は、なかなか、つぼ湯があかなかった。ひとりの人が、20分くらい入っている。でもまぁつぼ湯に入れないなら入れないで仕方がないし、今の人が上がったら、その次に入ろうかなぁ程度に思って、のんびりと待っていたのだ。それで、今何時なんだろう、と時間を確かめた。でも、それがいけなかった。

「もうとっくに5分なんか、過ぎてんだからさ、はっきり言いなさいよ」。

いきなり、Aおばさんに声をかけられた。生活パターンが似ているのか、いつもよくお風呂で会う方だ。「入りたいなら入りたいって、ちゃんと伝えないと、いつまで経っても、入れないんだから」。Aおばさんは、語気を荒くして言う。

「あ、でも……」。しどろもどろになる私。確かに、長いなぁ、とは思っていたけど、何が何でもつぼ湯に入りたいわけではなくて、もしあけば、入ろうかなぁ、っていう程度なんです。今時計を見たのは、単に何時か気になっただけで。でも、とっさにうまく説明できない。

「ほら、大きい声で言わないと!」と、Aおばさん。え？　私がですか？？　それはAおばさんの心の声なのでは、と思ったけれど、口がさけてもそんなこと言えない。明らかに人生の先輩、しかも顔なじみ、ということで、私はもう、どうしていいのかわからなくなった。

結局、Aおばさんに、どん、と背中を押される形で、気がついたら言っていた。

「すみませーん、もうそろそろいいですかぁ？」

つぼ湯でのんびりしていたBおばさんが、やおらむっくりと起き上がって、こっちを見る。こちらもまた、明らかに人生の先輩だ。Bおばさんの顔には、あからさまな不機嫌が貼り付いている。

ごめんなさい、私だって本当は、そんなこと言いたくなかったんです。でも、どうしてもAおばさんにせっつかれてしまい……。せっかくのんびりしていたのに、途中でむりやり中断させられるのって、ほんとにイヤですよねぇ。と、私は必死に思うのだけど、もちろんそんなこと、Bおばさんには伝わらない。

「あなたが入らなくてもよさそうな様子だったから、ずっと入っていたんじゃないの。入りたいなら入りたいって、言えばいいじゃないの」

すれ違い様、Bおばさんにも、怒られた。

とほほほほ。つぼ湯の中で、なんだか、泣きたくなった私。


事件簿その2。

新潮社でのインタビューの帰りに、鳩居堂《きゅうきょどう》に用事があって、銀座に行く。改札を出たところで、見ず知らずの若い女性に呼び止められた。

「あのぉ……、すみません」

「はい？」

女性は、なんとなく言いよどんでいる。何だろう？　うわー、もしかして、もしかして、私の本を読んでくれた人？！？　そんな想像を巡らし、しっぽをふりそうになった時、女性は思いきったように一気に言った。

「コートのベルトの左のボタンのところに、クリーニングのタグがついたままになっているんです。すごく素敵なコートなので……」

全然、違うことだった。

お礼を言って、早足にその場を去る私。確かに、今夜はものすごく寒くなると言われたので、今日からお気に入りのミナのコートを出したのだ。中のタグは取ったのだけど、まさかベルトにまでタグがついていたとは！

とほほほほ、とほほほほ。

そのままの格好で、ずいぶんいろんな所に出歩いちゃった。

すーらー麺

12月21日

近頃、わが家で定番となっている朝&昼ご飯がすーらー麺だ。

きっかけは、前日の晩ご飯に使った水溶き片栗粉が大量に残ってしまったこと。なんとか無駄にしないで使い切る方法はないかと思って、次の日の麺に使ってみたのだ。これが、大成功だった。

材料はまぁ何でもよいのだけど、私はたいてい鳥ひき肉を使っている。それとダシを合わせて鶏《とり》ガラスープを作ったら、そこにニラやもやしなどの野菜を入れ、酢と醬油《しょうゆ》で味をつける。コツは、思い切って酢をたくさん入れること。私は、千鳥酢と黒酢の両方を使っている。ちょっと酸っぱいくらいが、ちょうどいい。あとは、かなり濃い目にとろみをつけ、思いっきり大量のコショウを入れる。そうすると、だいたいすーらー麺っぽい味になる。これで、スープは出来上がり。茹でた麺と合体させれば、簡単にすーらー麺が完成する。

干し椎茸なんか入れたら贅沢になるし、絹ごし豆腐を細く長く切って入れれば、かなり本格的。お好みで、最後に溶き卵を入れてとじてもいい。

これが、病みつきになるおいしさなのだ。特に今は、食べてると、爪先の方から体がぽかぽか火照《ほて》ってくる。

今年の夏に滞在したベルリンのアパートの近くに1軒、とってもおいしい、しかも驚くほど安い台湾料理屋さんがあって、そこのすーらー麺がまた、すばらしかった。最初はあんまり本格的すぎてびっくりしたけど、慣れると、これこそがすーらー麺だと太鼓判を押したくなった。

その味に慣れてしまったから、日本に帰ったら、逆に優等生の成績表みたいな、お上品にまとめたすーらー麺を、物足りなく感じるようになった。でも、こうして簡単に自分で作れるのだ。

ちょっと乱暴なくらいの味付けが、ちょうどいい感じ。最後にラー油をかけるのを、お忘れなく。

プレゼント交換　12月25日

昨日は、友人たちといっしょにクリスマスパーティをやった。夫婦にそれぞれ娘ちゃんがいるので、大人6人＋3歳と1歳半のちびっこ2人の、合計8人でのにぎやかな会だった。前菜は、苺のマリネ、ポテトサラダ、レバーパテ。メインは、鶏の丸焼き。そして、最後にシュトーレン。

お昼過ぎからのパーティだったので、シャンパンやワインを飲んでのんびり食べながら、ゆっくり過ごす。小さい子どもがいると、なかなかゆっくり会う時間がないので、みんなで顔を合わせるのは、かなり久しぶりだ。

ひと家族は、来年の3月には、東京を離れ、北海道に行ってしまう。こうしてクリスマスパーティをするのも最後かもしれないと思うと、ちょっと寂しくなった。当たり前の時間が、すごくかけがえのないものになっていく。

今年もまた、最後はプレゼント交換をやった。ひとり２０００円の予算で、みんなそれぞれプレゼントを持参。これが、けっこう盛り上がるのだ。どうやったら夫婦同士での交換にならないか、あれこれ頭をひねって、２段階のくじを作る。

私のプレゼントはみっちゃんに渡り、私はさかきーからのプレゼントをもらう。中身は、防災グッズだった。うれしい。実はまだ、何も持っていなかったので。自家発電できるヘッドライトは、災害時以外にも、モンゴルなんかで活躍しそうだ。いっしょに、ウェットティッシュやホイッスル、トイレットペーパーなんかも入っている。さっそく、防災袋を作ってまとめてみた。

それにしても、チビたちがどんどん大きくなっていく。それぞれに個性があって、おもしろい。昨日来たふたりは、どちらも自立心が強いようだ。いっしょに遊んでいたら、３歳児が、しきりに、わたし、ひとりでくらすの、と話していた。

昨日は、パーティが始まる前、別の５歳の女の子が、かわいいサンタクロースの恰好で、わざわざプレゼントを届けに来てくれた。

かわいいかわいいちびっこ達の笑顔が、何よりのクリスマスプレゼントだ。

自己ベスト更新　12月31日

気がつけば、今年も暮れの31日。さっき、ようやくお節を作り終え、お掃除をし、南天を飾って、お正月を迎える準備がととのった。

今年は、数の子、黒豆、五色なます、伊達巻、ニシン、その他いろいろ、お節を作った。毎年暮れになると、今年はもうお節はがんばらないぞ、と思うのだけど、いざ作り始めると、なんだか楽しくなって、結局あれもこれもと作ってしまう。

中でも今年は、伊達巻がすこぶる上出来だった。間違いなく、今までの自己ベスト更新だ。伊達巻がうまくできると、かなり気分がいい。

今年は、本当に大変な一年だったと思う。正直、ベルリンから戻ったばかりの頃は、息をするのも苦しく感じた。こんな所で生きていけない、と思ったけれど、だんだん、空気に慣れてきた。

年末年始、東京は過ごしやすくなる。

私は、この時期の東京が、いちばん好きだ。空気がきれいだし、静かだし、とにかく、平和で穏やかな空気が満ち溢れている。

今日はこれから、散歩がてら富士山を見に行って、帰ったら年越し蕎麦を食べて。

来年は、笑顔のたえない、平和な年となりますように。

本書は文庫オリジナルです。

こんな夜《よる》は

小川糸《おがわいと》

平成26年2月10日　初版発行
平成26年2月25日　2版発行
発行人――石原正康
編集人――永島賞二
発行所――株式会社幻冬舎
〒151-0051東京都渋谷区千駄ヶ谷4-9-7
電話　03(5411)6222(営業)
03(5411)6211(編集)
振替00120-8-767643
印刷・製本―中央精版印刷株式会社
装丁者――高橋雅之

幻冬舎文庫

ISBN978-4-344-42151-6　C0195　お-34-8

幻冬舎ホームページアドレス　http://www.gentosha.co.jp/
この本に関するご意見・ご感想をメールでお寄せいただく場合は、
comment@gentosha.co.jpまで。